「……綺麗だ」
囁くなり、乳房の尖頂が
彼の口腔に収められてしまった。
「あ……ま、って」
手の隙間から盛り上がる柔らかな肉に、
彼は舌を這わしてその感触を味わっていた。
「ジョエルさ、ま……、だめ……」

行方不明の王子が帰ってきたら溺愛侯爵になっていました

～私の婚約者はどこですか?～

宇奈月 香

Vanilla文庫

Contents

イラスト／北沢きょう

【序章】

青い海原を大型帆船が走る。

水しぶきが太陽の光に反射してきらきらと輝き、三本のマストにたなびく真っ白な帆が、風をとらえぐんぐん海を行く。

なんて気持ちいいのだろう。

「わあっ、すごい！」

セシリィ・ルモントンのはしゃいだ声がデッキに響く。

乗組員たちは、幼子の無邪気な声に表情を綻(ほころ)ばせた。

念願だった船での回遊。しかも、乗船しているのは、王家専用の大型帆船なのだから、興奮が止まらない。

船は闇夜から抜け出してきたような漆黒の船体に、王家の紋章でもある金色の鷲(わし)が船首像に飾られている。青銅で作られた大砲で武装した船は、近隣諸国でもっとも豪傑な海軍艦隊を保持する国の王家にふさわしく豪華だった。

アネルデン王国は、周囲を海に囲まれた島国だ。

貿易手段は船一択で、昔から新たな航路を見いださんとする探求者たちのおかげで、現在ではさまざまな国との交易を行っている。港には、常に諸外国から来た貿易船が停泊しており、港町は他国の工芸品や日用品、珍しい食材を求める人たちで賑わっていた。

本来なら王族しか乗れない船に、なぜ公爵令嬢であるセシリィが乗船できたのか。それは、彼女が第一王子アドルフの婚約者であるからだ。

以前より船での回遊をしてみたいと言っていたセシリィのために、彼女の七歳の誕生日のお祝いにと、アドルフが特別に船を出してくれた。

「いい天気だなぁ、風もないし、波も穏やかだ。見てみろよ、抜けるような青空だぞ」

「さすが海神の寵児の持つ恩恵は伊達じゃないよ。殿下が乗船すると絶対に天候が崩れないんだから、不思議だよなぁ」

乗組員たちの会話に、アドルフは少しだけ困ったような顔をした。

太陽の光を紡いだような金色の髪に、美しい青藍色の瞳。一度見たら忘れられないほど整った顔立ちのアドルフは、その容姿の美しさもしかり、彼の国民に向ける真摯な姿勢から、アネルデン王国の民に「神の使い」とも呼ばれ敬愛されている。

（こんなに素晴らしい人だもの。神様からご寵愛されるのも当然だわ）

デッキの上を走り、転落防止用の手すりまで駆け寄ると、海をのぞき込むように顔を近づけた。

「きゃっ、アドルフ様。波が顔に当たりました！」

「セシリィ、船の上では、はしゃがないと約束しただろう？」

十五歳になるアドルフは、早速言いつけを破ったセシリィにやや呆れ顔だったが、そんなことはおかまいなしで、セシリィは海と船に夢中だった。

「だって嬉しいんですもの！　見てっ、今、海面から飛び上がるものが！　あれはなんという魚かしらっ」

きらきらとした水面に飛び上がったものを指さすと、隣に立ったアドルフが「トビウオだよ」と言った。

「ひれが羽根のように長い魚だ。海面に飛び上がる姿が飛んでいるように見えるから、トビウオと呼ばれて」

「アドルフ様！　あそこっ、イルカではありませんかっ⁉　ほら、見てくださいっ。船と並走するみたいに泳ぐ影が見えます！　あれは、遊んでいるのですよね。読んだ本に書いてありました！」

「セシリィ、よく勉強しているけど、少しだけ落ち着こうか」

秀麗な美貌に笑みを浮かべたアドルフの手が肩に掛かると、そっと手すりからセシリィを引き離した。

「アドルフ様?」

「君が落ちそうで心配なんだ。このままだと僕はルモントン公爵に怒られてしまうよ」

「あ……」

両親からは「セシリィの背が手すりを超すまでは、船に乗ってはいけませんよ」と言われていた。

そこを「自分と乗るのだから大丈夫」と両親を説得し、わがままを叶えてくれた人の言葉に、セシリィはようやく我に返った。

「も、申し訳ありません。アドルフ様っ」

慌(あわ)てて手すりから手を離し、後ろへ下がる。そのまま手を引かれて、デッキの中央まで戻った。

「もう少ししたら、船を停める。そうしたら、手すりに近づいてもいいよ。ボートを出すから、そこで釣りをしたり、魚に餌(えさ)をやったりしようか」

「いいのですかっ?」

アドルフからの魅力的な提案に、セシリィは青色をした大きな目を輝かせた。頬を上気させ、期待のこもったまなざしに、アドルフがくすくすと笑う。

「もちろん。今日は君の誕生日だ。めいっぱい楽しもう」

「はい！」

セシリィの喜びに満ちた声が、海原に響いた。


アドルフの言葉どおり、ある程度沖に出たところで船は停泊し、セシリィたちはボートへ移った。

五艘（そう）のボートのうち、四艘には護衛たちが、一艘にセシリィたちが乗り込んだ。

ボートには釣り竿が二本と餌、そしてお尻が痛くならないためのクッションと膝掛けが準備されている。

「どうぞ、僕のお姫様」

「あ、ありがとうございます」

金色の髪をさらりと揺らしながら手を差し出す仕草は、うっとりするほど優美だ。

セシリィが第一王子の許嫁（いいなずけ）に選ばれたのは、公爵家という家柄もあるが、父ルモントン公爵と国王が旧知の仲であったことも大きい。

八歳年上のアドルフは、綺麗で頼もしく、何より優しい。品行方正であり、第一王子としての威風堂々とした彼は、セシリィにとって許嫁と言うよりも自慢の兄のような存在だった。

そんな彼は、親愛を込めてセシリィのことを「僕のお姫様」と呼んでくれる。

「アドルフ様、釣れそうですか?」

「う〜ん、どうだろう。セシリィの竿は動いてる?」

意気揚々と餌をつけた釣り糸を海へ投げ入れて、どれくらい時間が過ぎただろう。

釣り竿はうんともすんとも言わない。

手持ち無沙汰になったセシリィは釣り竿を船に立てかけ、しばらくは右手で左手の人差し指をつまんでいたが、波の心地よい揺れは気持ちいいし、五月の日差しは暖かいしで、何度もうとうとしそうになった。

釣りが本来の目的ではないが、一匹も釣れないのは正直つまらなかった。

見かねたアドルフが、周りを囲うボートを手で払った。

もう少し離れろ。

そう合図すると、先ほどよりもほんの少しだけ距離が開いた。

「場所を移動してみる? 多分、釣れないのは彼らのせいでもあると思うよ」

セシリィもそう思う。

セシリィたちが乗るボートを囲う四艘が作る影に、魚たちが警戒しているのは間違いない。しかも、ボートに乗っているのは、屈強な体軀をした者ばかりで、ボートがやたら狭く見えた。

とはいえ、場所を変えたところで、護衛の騎士たちが遠ざからない限り状況はたいして変わらないのではないだろうか。

アドルフがまた手で彼らを追い払うがこれ以上は、駄目だと首を横に振られてしまう。

魚釣りが目的なのはセシリィたちだけで、彼らは護衛だ。万が一、アドルフに危険が迫ったときにすぐ駆けつけられる距離にいなければならない。

「そうだ。こうしたらどうだろう？」

アドルフが思いついたように、餌をセシリィの釣り糸の周りに撒き始めた。

「何をしているのですか？」

「撒いた餌につられて、魚が来ないかと思って」

天才だ、とセシリィが目を見張った。

すると、アドルフの予想は的中し、微動だにしなかった釣り竿が揺れた。

「（ア、アドルフ様っ。揺れましたわ！）」

声を出せば、せっかく餌に食いついた魚が逃げてしまいそうで、セシリィは身振り手振りでアドルフに助けを求めた。

彼もまた目を輝かせながら「落ち着いて」を手振りで伝えてくる。

セシリィの後ろから釣り竿を掴むと、ゆっくりと魚の動きに合わせて竿を揺らす。そして、タイミングを見計らい一気に引っ張り上げた。

その直後、釣り糸の先についてきた魚が宙に舞った。

「わぁっ、釣れた！」

周辺のボートからも歓声が湧く。

「おめでとう、セシリィ。やったじゃないか！」

初めて釣り上げた魚は、アドルフの手のひらほどの大きさだったが、大満足のできだった。

そのあとも、同じ方法で何匹か釣り、気がつけば日が傾き始めていた。

「そろそろおしまいにしよう。暗くなる前に港へ戻るよ」

本音を言えば、もっと遊んでいたい。

何度も読み返した冒険物語には、夜の海も美しいと書いてあったのだ。

しかし、ここで駄々をこねて、せっかく両親を説得してくれたアドルフを困らせてしまうのは、もっと嫌だった。

「……はぁい」

しぶしぶ頷くも、アドルフは「セシリィはいい子だね」と頭を撫でてくれた。

「また今度、連れてきてあげるよ」

褒めてくれただけでなく、次を約束してくれた彼はなんていい人なのか。

（優しいな、大好き）

アドルフは釣り竿をオールに持ち替え、ボートを帆船へ近づけた。

「気をつけて」

帆船で待機していた護衛に抱き上げられて、デッキに上がる。

ボート遊びも楽しかったが、やはり安定感のある足下にほっとした。

全員の乗船を確認したのち、船は港へ戻り始めた。

「アドルフ様、私の真似をしてみて」

デッキから、徐々に水平線へと沈んでいく太陽を見ながら、アドルフを呼んだ。手のひらを上向きにして、器の形を作る。それを、太陽にあてがうと、ちょうど夕日を手で受け止める格好になった。

「綺麗ねぇ、宝石みたい」

黄金色に輝く丸い光を手中に収めると、まるで、この世に一つしかない宝物を手に入れたような高揚感があった。綺麗だったから、手の中に閉じ込めた。

「はい。アドルフ様にあげます」

そう言って、太陽をアドルフの手の中に落とす真似をした。

「ありがとう」

子どもの遊びに、アドルフがくすくすと笑っている。

海の青よりも深く、夕焼けから夜へと移り変わる間際の藍色より明るいアドルフの瞳が好きだ。形容しがたい瞳の色を、アドルフは東洋では青藍色と言うのだと教えてくれた。

海風に揺れる金色の髪が夕日に反射し、燃えるように煌めいている。

「風が出てきた。中に入ろう」

アドルフに促され、踵を返したときだ。

「おい、あれを見ろっ！」

乗務員の一人が、空を指さした。

つられて、セシリィも視線をそちらに向ける。

「あれは雲ですか？　なんて不思議な形なの」

夏の空によく見る積乱雲を何倍にも膨らませたような分厚い縦長の雲が、遠くに見えた。

それは、海に沿って広がり、まるで雲の壁のようになっていた。雲と海のわずかな隙間は、白く濁っている。

物珍しさに目を丸くしたのはセシリィだけで、乗務員たちに緊張が走った。

「船の速度を上げろ！　急げっ」

「アドルフ様、セシリィ様。急いで船内へお入りくださいっ！」

「セシリィ、急ごう」

「は、はい。アドルフ様、いったいどうしたのですかっ」

手を引き、アドルフが甲板(かんぱん)を横切っていく。

「あれは嵐を運ぶ雲だ。しかも、まずいことにこっちが風下だ、追いつかれる」

「え……」

そう言う間にも、風はみるみる強くなってきた。

穏やかだった海面が徐々に波立っていく。

船が上下に揺れ始めると、歩くのもおぼつかなくなった。

「きゃっ！」

「セシリィ、頑張って」

船体が横にも揺れ始めた。

波が手すりのすぐ近くまで来ている。

(な……んで)

さっきまでは、なんともなかったのに。

後ろを振り返ると、厚い雲との距離が縮まっていた。空が暗くなり、雨が降り始める。小雨はすぐに横殴りの豪雨になった。

「きゃあ！」

たまらず、セシリィはその場にうずくまってしまった。

「セシリィ、駄目だ。立って！」

「嫌ぁ、アドルフ様。怖いっ！」

悲鳴を上げて、セシリィが頭を抱える。恐怖に足がすくんで動けなかった。

大波が手すりを乗り越えデッキにまで入ってきた。アドルフが咄嗟にセシリィを庇うように覆い被さる。

「アドルフ様！」

「僕は平気だ！　セシリィを早く中へっ！」

腕で雨を遮り、護衛騎士が駆け寄る。腕の中のセシリィを引き渡したときだった。

一瞬、船が大きく沈んだ。

床から足が浮く。浮遊感に内臓が上へとせり上がった。

「や……」

その直後、辺りが一段と暗くなった。

見上げると、大波が頭上に見えた。今まさにセシリィたちを呑(の)み込まんとしているそれは、水でできた巨大な手のひらにも見えた。

「な――」

目を見開いた直後。

猛烈な勢いで海水が襲いかかってきた。

水に身体が引っ張られる。

セシリィは夢中で護衛騎士にしがみついた。轟々(ごうごう)と唸(うな)る水の音しか聞こえない。

(苦しい……っ)

痛いくらいの水圧に身体が押しつぶされそうだ。

波が引いても、またすぐ次の大波が来る。

「セシリィ様、しっかり！」

「は……っ、ぷ」

身体に叩きつけてくる波から守るように、護衛騎士がセシリィを腕の中に抱き込んだ。

(誰か助けて……っ、お父様！　お母様)

心で何度も念じ、ひたすら船が嵐を抜け出るのを待った。

その中で、誰かがアドルフの名を叫んでいたのを聞いた。けれど、セシリィにはそれを気にするだけの余裕はなかった。

命からがら嵐から抜け出たとき、セシリィは新たな絶望を味わう。

船からアドルフの姿が消えていたからだ。

「そ……んな――、嫌ぁあっ、アドルフ様ぁぁ――っ!!」

セシリィの悲鳴がむなしく響く。

いつの間にか、空には星が瞬き、巨大な月が静寂（せいじゃく）の海を照らしていた。

【第一章　引きこもりの令嬢】

ルモントン領の海辺に立つ、茶色の屋根の教会が正午の鐘を鳴らすと、併設された孤児院から子どもたちが元気よく飛び出してきた。

「みんな、気をつけて運んでね」

白いシーツを持った子どもたちが向かった先は、木のテーブルを庭に出していた年長組の数人の少年たちのところだ。

同じく年長組の少女たちは、まだ歩くのもおぼつかない幼子の手を引いている。

天気のいい日は外で昼食を取ると決めたのは、この孤児院と教会を任されている神父だ。

セシリィもまた、幼子を背負い、両手はそれぞれ子どもと繋いでいた。

「セシリィ、そいつらの面倒は俺らが見るから、先にお祈りしに行ってこいよ」

セシリィが一日三回、朝昼夕と神に祈りを捧げているのを知っている少年ランカーは、子どもたちを引き取りつつ言った。

「ありがとう。それではお願いね」

子どもたちを少年に預けたセシリィは、賑（にぎ）やかな中庭を離れ、教会へ入った。

祭壇の前で跪（ひざまず）き、手を組んで、祈りを捧げる。

（アドルフ様がご無事でありますように）

一心に祈りを捧げ続けて、十年。

昨夜、王都にいる父からアドルフとの婚約解消が正式に決まったことと、アドルフの死去を公表するとの知らせがあった。

いまだアドルフの行方は知れない。

王家は、十年もの間、第一王子は療養中と公言してきたが、それもいよいよおしまいだということだ。

これにより、第二王子ルベンが王太子の座に就くことも宣言されるはずだ。

セシリィはまだ昨日のことのように、あの日のことを思い出すことができるが、王家は生存が不確かなアドルフの帰還を待つより、第二王子を王太子とし、国と民を導いていくと決めた。

あの日、船から消えたのは、アドルフ一人だけだった。

なぜ彼だったのだろう。

国王はすぐに捜索隊を出したが、彼の痕跡（こんせき）すら見つけることができなかった。

衣服の一部や、履（は）いていた靴の片方でもいい。

セシリィたちは毎日、捜索隊が何かアドルフに繋がるものを持ち帰ってきてくれないかと祈りながら待っていた。

（どうして、もっと大々的に捜索をしてくれないの？）

一国の王子が消えたというのに、国王が出す捜索隊は小規模だった。

しかし、そこには島国ならではのやむにやまれぬ事情があったのだ。

諸外国にこのことが知られれば、つけ入れられる隙を作ることになる。多くのものを輸入に頼っているアネルデン王国にとって、諸外国は友好的な貿易相手であり、国を奪われないよう警戒する敵でもあるのだ。もし、他国の船にアドルフが助けられたとしたら、それは恩を作ったことになってしまう。今は公平な貿易をしていても、それを機にアネルデン王国に不当な要求をしてくる可能性もある。

民の暮らしを守るため、国の存続を優先させるため、国王は最小限の捜索隊でアドルフを捜すしかなかったのだ。

（私が船に乗りたいなんて言ったから……）

船が嵐に襲われたのは事故だ。

海の天気は神の機嫌次第と言われるほど、変わりやすい。あの壁のような厚くおぞましい雲も、まま発生することがあるとのちに調べた本に書いてあった。

家族も国王両陛下も、誰もがセシリィのせいではないと言ってくれた。

だが、本当にそうなのだろうか。

あのとき、セシリィには大波が巨大な手のひらに見えた。

『まぁ、なんてことでしょうっ。海神の寵児と言われる殿下が嵐に巻き込まれるなんて、まるで神の怒りを買ったかのようだわ。いったい、どれほどの不敬をしたというのかしら。恐ろしい』

セシリィが王宮の片隅で泣いていると、王の側妃ナデージュが侍女と話しているのが聞こえた。

(不敬って――、あっ……)

ナデージュの言葉に、セシリィはハッとした。

思い当たることが一つだけある。

セシリィが太陽を手の中に収めたことだ。

(でも、まさか……。そんなことで神がお怒りになるなんて)

あるわけない、と思うも、事実アドルフは波にさらわれてしまった。あれが、本当に神の逆鱗に触れたことで起こったのなら、罰を受けるべきはセシリィではないのか。

『せしりぃ、どうしたの？』

幼い男の子の声に、びくりと肩を震わせた。

綺麗な服を着た黒髪の少年がセシリィを見ていた。

『おなかいたい？　ぼく、おかあさまよんでくる！』

『あっ、待って。ルベン様っ！』

ルベンはナデージュが産んだ第二王子だ。

止める間もなくルベンが走っていき、すぐにナデージュもセシリィの存在に気がついた。

『あら……』

目が合うと、見てはいけないものを見てしまったような、得体の知れない恐怖に襲われる。

怯えるセシリィを見て、近づいてきたナデージュが赤い紅を引いた唇でにたりと笑った。

その様子が、まるで物語に出てくる悪い魔女のようだった。

『アドルフ殿下はあなたを庇って流されたそうじゃない』

痛ましげな表情をしつつも、その目は歓喜に満ち溢れていた。そして、顔を近づけ、セシリィにだけ聞こえるような声で囁いた。

『――お礼を言うわ。あなたが殿下を神に捧げてくれたから、太陽は私の息子の手中に収まるんだもの』

違う、そんなことはしていない。

そう言いたくても、あの嵐は神がセシリィに向けた怒りだったのだと思うと、反論する言葉が出てこなかった。

人智を超えたものを、人は神の御業だと恐れる。あの波も、そうなのではないのか。

アドルフが民に神の使いと呼ばれるのは、その類い希なる容姿もしかり、貧困に喘ぐ民を救済せんとする姿からだ。

あのとき、真っ黒な手はセシリィを狙っていた。

けれど、アドルフが護衛騎士にセシリィを預けたことで、難を逃れてしまった。だから、神は代わりに彼を奪っていったのだ。

（あ……あぁっ――!!）

気づいてしまったら、犯した大罪に怖くなった。

自分は咎人だ。

しかし、罪を告白する場所なんてどこにもなかった。両親も両陛下ですら、セシリィに同情している。そんな中、実は自分のせいだったなんて、どうして言えるだろう。

罪に気づいたセシリィは、以来、自室に引きこもり、誰とも口をきかなくなった。

両親はそんな娘を案じ、根気よく説得を続けた。

だが、何を言っても「自分が悪い」と言い張るセシリィは日に日にやつれていき、これ以上王都においておけないと判断した父は、セシリィを領地に戻した。

それから十年、セシリィは一度も王都に足を踏み入れていない。

領地の端にある別邸で、わずかな使用人と護衛騎士に守られ息を潜めるようにして生きていた。

毎日、海へ行き、アドルフが打ち上げられていないか浜辺を歩く。海に向かって跪き、「どうかアドルフ様を返してください」と祈りを捧げる。そんなセシリィのあとを元王宮仕えの護衛騎士ユリシーズがついて歩いた。彼は、船でセシリィを守ってくれた男だ。

あの事故のとき、誰よりもアドルフの近くにいながら、彼を守れなかったことをユリシーズは悔いていた。王家は彼を刑に処そうとしていたが、父であるルモントン公爵が娘を助けてくれたのだからと恩赦を願い出た。その後、ユリシーズは父に引き取られ、セシリィの護衛となった。

自分といることで、あの日のことを思い出してしまうのではないのか。

一度だけ、彼の真意をたずねたことがあった。

「私といて、苦しくはないの？」

「……苦しいです。ですが、私はこの痛みを忘れたくありません。生かされたことには必ず意味があるのです。ならば、私は命に代えてもお嬢様をお守りしてみせます」

両親は十年経った今も、一日も欠かさず海辺を歩くセシリィが、いつか海に身を投げてしまうのではと案じている。

海辺に教会を建てたのも、少しでも娘の罪悪感を軽くするためだ。

すっかり令嬢らしさをなくしたセシリィは今、併設された孤児院の手伝いをすることで、罪を償っている。

去年までは「せめて社交界デビューだけでもしない？」と母が言ってきたが、セシリィがなんの反応もしないでいると、今年はもう言ってこなくなった。

セシリィには一人、弟がいる。ルモントン公爵を継ぐ弟のためにも、両親のためにも、社交界デビューはした方がいいと思っているが、咎人である自分が両陛下に拝謁できるはずがない。

アドルフの無事をこの目で確認することだけが、セシリィの願いであり、贖罪（しょくざい）なのだ。

「神はなんとおっしゃっていますか？」

ふいに背後から声がした。

白い神服に身を包んだ中年の男が、静かに教会に入ってくる。

「……いいえ、何も。私のような咎人のお声はお聞き届けくださらないのでしょう」

「神の愛は平等ですよ」

神父の言葉に、セシリィは苦笑した。

セシリィが祈りを捧げるためだけに建てられた教会にやって来た彼は、あらかた事情を知っていた。

なぜ、公爵令嬢であるセシリィが領地に引きこもっているのか。どうして、毎日祈りを捧げなければならないのか。

セシリィに子どもたちの世話をするよう提案したのも、神父だった。

「少なくとも、あの子たちには届いているようです」

神父の言葉に促され、視線を入り口へ向ける。そこには、子どもたちが折り重なるように顔だけ出してセシリィを見ていた。

「せしりぃ、おいのりおわった?」

「せしりぃ！　おひるごはん、さめちゃうよ」

迎えに来た子どもたちは、どうやらお昼を食べずにセシリィが祈り終わるのを待っていたらしい。

「ぼく、おなかぺこぺこなの」

舌足らずに、どれだけお腹が空いているか、手をお腹に当てて訴えてきたのは、三歳になるジニーだ。

寂しそうな顔での可愛いお願いに、セシリィはぎこちなく笑いながら頷いた。

「ごめんなさいね。今行くわ」

答えると、入り口にいた子どもたちがぱぁっと表情を明るくした。

一斉にセシリィへ向かって駆け寄ってくる。我先と手を繋ぐ子、セシリィのスカートを掴む子、背中を押す子で、あっという間にセシリィの周りは子どもだらけになった。

「せしりぃ、きょうも、うみいったのかー？」

「さがしもの、みつかった？」

子どもたちには、捜し物がなんであるかは伝えていない。ただ、とても大切なものだと言ってある。

「いいえ、なかったの」

子どもたちは「はやく、みつかるといーねぇ」と無邪気に笑った。

「ばーか、海でなくしたんなら、見つかるもんか」

ぶっきらぼうに言い放ったのは、ランカーだ。

子どもたちの面倒見はいいのだが、時々わざと相手を傷つけることを言ったりもする。セシリィが青い瞳を悲しみで揺らすと、ランカーは気まずげな顔でふんとそっぽを向いた。

「ものごとに絶対はありませんよ。思いがけない場所から捜し物が見つかることはままあります。ところで、みなさん。私の眼鏡を知りませんか？」

「しんぷさまの、あたまのうえー」

子どもたちが声を揃えて言った。

「あぁ、こんなところに。ほらね。わからないものでしょう？」

「それは、神父様がどんくさいだけだろ」

「そうとも言いますね」

おどけた神父に子どもたちも笑った。

「きょうのごはんはねー、おさかなのまるやきなんだよー。えいだがいっぱいもってきたのを、ゆりしーずが焼いてくれてる。えいだ、ゆりしーずにおこってばっかりなんだよ」

「ちがうよ、ああいうのをイチャついてる、って言うんだぞ」

子どもたちのませた話題に、セシリィたち大人は苦笑するしかなかった。

エイダがユリシーズに想いを寄せているのは、薄々感じていたが、彼女は素直に気持ちを伝えることが苦手なのか、つい口調がきつくなってしまうようだ。そんな彼女の不器用さを知っているのか、気にならないのか、ユリシーズは「うん、うん」とおおらかな心で受け止めている場面をよく目にする。

庭ではすでに火が起こされていて、串刺しになった魚が何匹も焼かれてあった。

焼き魚の面倒を見ているのは、ユリシーズだ。屈強な体躯を丸めてせっせと魚を焼いている。

「わぁ～、いいにおい！」

匂いに誘われた子どもたちは、セシリィの手を離れ、ユリシーズの周りに集まっていった。

十年前は短かったユリシーズの髪も、今は肩ほどまでに伸び、邪魔にならないよう後ろに一つくくりにしている。筋肉がついた背中に子どもがひとりへばりついているが、まるで重さを感じていないかのように、お昼ご飯の準備をしていた。

「ありがとう、ユリシーズ。代わるわ」

「いいえ、お嬢様。こちらは私がしますので、どうぞ子どもたちと一緒に昼食をお召し上がりください」

日焼けした顔に汗を浮かばせ、笑みを浮かべるユリシーズに、子どもたちは「ゆりしーずもいっしょにたべるんよー？」と言った。

ユリシーズは、子どもたちに懐かれて嬉しそうだ。彼は貴重な男手として建物の修繕をしたり、裏手にある小さな畑を耕したり、子どもたちに剣術の稽古をつけたりしている。

食卓に並ぶ魚は、漁業を営んでいる家の娘であるエイダが午前中に持ってきてくれたものだ。売り物にならない魚ばかりだと言っていたが、形や大きさが悪いだけで、十分食べられる。

子どもたちが全員席に着いたのを見届けて、神に感謝の祈りを捧げる。そこからは、戦争だった。

「せしりぃ、はやく！」

目をきらきらさせながら、魚を解してもらうのを待つ子どもの横で、小骨がないか確認していると、隣では魚の大きさをめぐって喧嘩(けんか)が始まる。対角線上の席では、魚の取り合いになっていた。泣かされた子を抱きしめ、あやしながら他の子のお世話もする。

「みんな、お行儀よく」

現在、孤児院にいる子どもは十人。大人三人いても、目の回る忙しさだった。

けれど、何も考えないでいいこの忙しさが、セシリィにはありがたかった。

とりわけ、心を沈ませる出来事があったときは。

アドルフは絶対生きている。

十年間、そう信じ続けてきたが、想いはゆっくりと風化するものだとも感じ始めている。

確固たる信念が揺らぎつつあるからだ。

浜辺に打ち上げられた人を捜すより、白いものに自然と目が行くようになった。それが無意識に自分が何を思っているかを思い知らせてくる。

（アドルフ様はもう――）

いや、セシリィがそれを受け入れては駄目だ。

（アドルフ様は生きているわ）

セシリィがそれを信じなくてどうする。

揺らぐ信念を今一度、強く抱きしめ直した。

（でも、これでしばらくはあの人に会わずにすむわ）

第一王子の葬儀の準備に入れば、国中が喪に服す。必要最低限の商い（あきない）は行われるが、喪が明けるまでは華々しい行事や商いは自粛規制されるからだ。

セシリィが通う教会には、五年前から神父とは旧知の仲であるフォールズ男爵から物資の寄付が届けられていた。

以前、別の教会に勤めていた神父に命を助けられたことから、商団に依頼し、物資による援助をしてくれるようになっていた。

サリーという女性が団長を務める商団は、船で各国をめぐり、商売をしているため、持ってくる物資は毎回珍しいものが多い。香辛料も砂糖と塩だけでなく、この辺りでは見たことのない香草類も置いていってくれる。他にも、子どもたちが喜びそうな玩具や衣服も、季節が変わる頃になると必ず入っていた。

女団長ならではの心遣いがありがたい。

荷を運んでくる一団は、強面の者もいるが、子どもたちは彼らが大好きで、必ず遊んでと言って纏わりついていた。

そんな中、セシリィだけは彼らが少しだけ苦手だった。

一団の中に、アドルフとよく似た面差しの男がいるのだ。

ジョエルと仲間から呼ばれる男は、髪の色も、表情や仕草も、アドルフとは違う。荷を運んでいることもあり、彼の体軀は引き締まっていた。歯を見せて笑う笑顔は、太陽のように眩しい。肌や髪の色もさまざまな人たちから成る一団の中でも、ジョエルは飛び抜けた美貌を持っていた。綺麗で快活な彼は、子どもたちにも大人気だ。

ジョエルの言動や仕草は、アドルフとは似ても似つかない。

けれど、初めて彼を見たときは、アドルフが戻ってきたのかと思った。十年後の成長した姿となって現れたのかと思うほど、彼は似すぎていた。

セシリィが抱いた戸惑いと困惑の理由に気づいたのは、ユリシーズだけだ。

『こちらは私どもで大丈夫です。お嬢様は子どもたちを見ていてくださいますか？』

そう言って、彼らから遠ざけてくれなければ、きっとジョエルに駆け寄り、縋（すが）りついていただろう。感じた衝撃と動揺は、そのままジョエルへの苦手意識となり、以来、彼らが来ると毎回子どもたちの世話を理由に身を隠している。

商団が来るのが、だいたい二ヶ月から三ヶ月に一度の頻度だ。前回が冬前だったから、時期的にはそろそろ来る頃になる。

彼らの到来を楽しみにしている子どもたちには申し訳ないが、セシリィは内心ほっとした。

「こんにちはー！　みんな、元気だったかっ？」

「わぁぁ――っ!!」

子どもたちの歓声に招かれ、商団の面々はでれでれの表情になっている。

「来ないだろう」と思った翌日、商団は幌（ほろ）を張った荷馬車いっぱいの荷物と共に教会へやって来た。

彼らは港に降り立ったときに、王子の訃報を聞いたという。商いはできなくても、せめて教会への荷物だけでもとわざわざ足を運んでくれたのだ。

アネルデン王国は一ヶ月の間、第一王子アドルフの喪に服す。その間、国民は黒い服を身につけ、王子の死を悼むのだ。

やって来た彼らは、国の弔事を尊重した格好をしていた。普段ならおのおの気に入った国の色とりどりの衣装を纏っているが、今日ばかりはみんな黒い服を着ている。彼らなりのこの国に対する配慮を感じられた。

子どもたちは、待ちに待った商団の到着に大はしゃぎしていた。

セシリィはそんな様子を少し離れた場所から眺めていた。

――あの人もいる。

アドルフとは違う茶色の髪に、彼に似た青藍色の瞳をした精悍な顔立ちの青年。

彼に罪はなくても、今日だけはその顔を見たくなかった。

「さぁ、みんな！　きりきり働きなっ」

サリーの号令で、一団の男たちが一斉に荷馬車から荷物を下ろし始めるのを見て、セシリィはそっとその場をあとにした。

食堂に茶の準備をし終えると、まだ手伝いのできない子どもたちを連れて、中庭に面した部屋に行った。

「せしりぃ、ピアノひいて」

可愛らしいおねだりに頷き、ピアノの前に座る。曲が始まると、子どもたちは楽しそうに歌い出した。

うららかな春の日差しが射し込む部屋に、子どもたちの楽しそうな歌声が響く。

孤児院の手伝いを始めた頃は、子どもの抱き方も知らなかったが、今はおむつを替えることも、汚れ物を洗うことも平気になった。

綺麗なドレスを着ていては子どもたちの面倒は見られないからと、服装もおのずと動きやすいものを着るようになった。エプロン姿も、我ながら堂に入ったものだと思う。

令嬢たちのような白く美しい指先ではなくなったが、後悔はまったくない。

子どもたちの助けになるなら、見た目の美しさを惜しむ理由がないからだ。

「せしりぃ、またまちがってるよ！」

「あっ、ごめんなさい」

気をつけていないと、昔から必ず間違う旋律がある。考え事をしていたせいで、指がおろそかになってしまったのだ。

「それじゃあ、もう一度」

鍵盤に指を添えたときだ。

「あーっ、じょえる！」

子どもたちの声に中庭の方を見れば、茶色の髪を風に揺らすジョエルが立っていた。

彼は、子どもたちの声を受け、にかっと笑った。

「や、やぁ、元気だったか！」

一瞬、呆けて見えたのは気のせいだったのだろうか。

窓枠に肘をつき、手を振っている姿は普段どおりだった。

(見間違いだったかしら？)

子どもたちは、ジョエルを見て大はしゃぎだ。

「におろし、おわった？」

「ごーでんとあそべる？」

「終わったよ、ゴーデンも他のみんなも、玄関前でお前たちが来るのを待ってるぞ」

「やったぁ!!」

両手を挙げて大喜びするなり、子どもたちが部屋から飛び出していった。

「……ようこそおいでくださいました」

「はい、まいりました」

にこりと笑い、ジョエルはひょいと窓から入ってきた。

なぜ、声を掛けてきたりするのだろう。

逃げ出すこともできず、セシリィは椅子に腰掛けたまま近づいてくるジョエルを見つめて

いた。

(本当に似ていらっしゃるわ)

近くで見ればますますアドルフに似ているように思えた。

「君、毎回お茶とお菓子を準備してくれている子だよね。たまに見かけてたんだけど、話すのは初めてで合ってる？　俺はジョエル。サリー団長の一団で行商見習いをしているんだ。君の名前、聞いてもいいか？」

もし、彼が本当にアドルフならば、セシリィに「初めて」とは言わない。

親しみのある柔らかな口調で挨拶をする彼は、やはりアドルフによく似た他人なのだ。

「……セシリィです」

人懐っこい笑みをしたジョエルに名乗らない理由もなくて告げると、「それだけ？」とジョエルが目をまたたかせた。

「他に何を言うのですか？」

訝しめば、ジョエルがズボンの後ろポケットに両手を突っ込んだまま、肩をすくめた。

「あるだろ。教会ではこんなことをしている、とか。得意なものとか。たとえば俺は、目利きには自信があるんだ。絵画や美術品なら、かなりの確率で本物を見分けられる。で、セシリィは？」

「いえ、私は特に」

「ないのか」

話の腰を折られて、ジョエルはがくりと首を折った。大げさな仕草がわざとらしくて、どこかとっつきにくさを覚えた。

（何をしに来たの？）

一団の人たちは作業を終えると、お茶を飲む者、子どもたちと遊ぶ者とさまざまだ。ジョエルも大抵子どもたちと遊んでいるのだが……。

（居心地が悪いわ）

気まずさと手持ち無沙汰から、右手で左手の人差し指をつまんでは撫（な）でる。

「その仕草……」

「え？」

「あっ、いや。ピアノ上手だった！」

とってつけたような褒め言葉に、セシリィは小さく笑った。

「ありがとうございます。お耳汚しでしたね。子どもたちにはいつも同じ場所で間違うとからかわれます」

「あぁ、聴いてた。あの夕、タタンのとこだろ」

ジョエルが宙で音を刻みながら、撥ねた箇所だけ指で弾いた。

「一度聴いただけで覚えたのですか？　すごいですね」

「本当だな。ピアノなんて弾いたことないのに。でも、俺ほどになると、耳もいいのかもね」

アドルフなら自分の才能をひけらかすようなことは言わない。答えるとするなら「お褒めにあずかり光栄だな」だろうか。

（だって、別人だもの。仕方ないわ）

自己肯定感の高さに曖昧に笑っていると、ジョエルがくすりと笑った。

「それとも、どこかで聴いたことがあったのかも」

たくさんの国を回っているのなら、道中で聴いたのかもしれない。

適当に相づちを打ったはいいが、会話が途切れてしまい、また沈黙になる。窓の外を眺めると、新緑に燃える木々の梢が風に揺れている。小鳥の囀る声を聞くともなく聞いていた。

いつまでここにいるつもりなのだろう。

用事がないのなら出ていってくれないだろうか。

見るともなく、外の景色を眺めていたときだった。

「セシリィはさ、俺たちのこと嫌いだろ」

「──ッ」

疑問ではなく、断言されてびくりと肩が震えた。唐突すぎて、取り繕うこともできなかった。

「ここには何十回も来てるのに、セシリィを見かけるのはお茶の準備をしてくれてるときくらいだ。俺たちを避けてるのが丸わかり。俺ら、何かした？」

目を見張りながら、ジョエルを凝視する。

ばれていたなんて、思ってもいなかった。

「その顔は、なんでばれたんだろう？　かな。いやいや、普通わかるって。あれだけあからさまに避けられてて、気づかれてないと思っていたことの方が驚きなんだけど」

誰も何も言わないから、いつの間にかこれでいいのだと思い込んでいた。

「べ、別に私は……」

目が合い、慌てて逸らす。

本人に「あなたが苦手だからです」と言えるほどの度胸もなければ、常識知らずでもない。どう言い訳したらいいのかと視線を泳がせていると、「あぁ、違うな」とジョエルがしたり顔になった。

「嫌いなのは、俺たちじゃなくて俺か。なんで？」

嫌な汗がどっと出てきていた。

これ以上、ごまかすことはできそうにない。

「――ごめんなさい」

「潔いね。そのごめんは言えないって意味？　理由もわからず嫌われるのってさ、かなりショックなんだけど。傷ついたなぁ。人好きのする顔だと思ってたんだけどな」

傷ついたと責められ、顔を上げていられなくなった。

自分で蒔いた種なのに、始末の付け方がわからないなんて最低だ。

だが、ジョエルを避けている理由を言えば、なぜそうなったかまで言わなくてはいけなくなる。

「団長から聞いたんだけど、ここで十年も捜し物をしてるんだって？　何を待っているんだ？」

「……あなたには関係ありません」

「もう諦めたら？　みんなそう言ってない？」

なんてひどいことを言うのだろう。

（絶対にアドルフ様なはずないわ）

たまらず、セシリィは席を立った。直後、伸びてきた手に腕を取られる。

「逃げるの？」

「――ません」

「え？」

それでも、ひと言言っておきたくて、ジョエルを見る目に力を込めた。

「私は、諦めません」

誰になんと言われようと、アドルフは必ず帰ってくると信じている。それがセシリィにできるたった一つのことだからだ。

まっすぐ見つめる視線の強さに、ジョエルが一瞬たじろいだときだ。

「ジョエル――ッ、どこだ！　引き上げるぞ」

どこかで彼を呼ぶ声が響く。

抜群のタイミングに、助かったと思った。咄嗟に手を振り払うと、そんなセシリィを見て、ジョエルが悲しそうに頬を歪める。「ジョエル！」と再び大声が響いた。

「……はいっ、すぐ行きます！」

返事をしてから、ジョエルがセシリィに向き直った。

「次、来たときは絶対出てこいよっ」

捨て台詞を残して去っていく姿を見送ったあと、セシリィはずるずるとへたり込んだ。

（こ……怖かった）

気がつけば、身体が小刻みに震えていた。

――理由もわからず嫌われるのってさ、かなりショックなんだけど。

言われた言葉が心を抉る。

だが、ジョエルもずっとセシリィの態度に傷ついてきたと言った。

彼を避けることにセシリィは慣れてしまったから、その態度がジョエルにどう思われているかなんて考えもしなかった。

彼に指摘されなければ、この先もずっと同じ態度を取り続けていた。

（私、みんなにひどいことしてたんだわ）

自覚してしまえば、残るのは後味の悪さと罪悪感ばかり。

（怖い人）

ジョエルは、無遠慮にセシリィの心を踏み荒らしていった。

姿が似ていても、性格はアドルフとは似ても似つかない。

セシリィはますます彼のことが苦手になった。

しかし、そんなセシリィの態度をまったく意に介さず、ジョエルは一方的にセシリィとの距離を縮め始めた。

彼は、教会への寄付とは別にセシリィへのお土産を持ってくるようになったのだ。異国の冒険物語の書籍や、木彫りの海洋生物の置物。鯨(くじら)から取れる珍しい石。そうでないときは、お菓子がめいっぱい入った紙袋を押しつけていく。夏前に来たときも、秋始めに来たときもだ。

「捜し物は見つかった？　言ってくれれば手伝うよ」

「……いいえ、お気持ちだけで結構です」

前回は諦めろと言った口で、今は手伝うと言ってくるのは、彼なりに思うところがあったのだろうか。もしかして、来るたびにくれるお土産も謝罪の意味があるのかもしれない。

悪い人ではないのだろう。

よくないとわかっていながら、そっけない態度で接してしまっているのに、彼は離れるどころか、ぐいぐいとセシリィの領域に入ってこようとする。

(放っておいてほしい)

アドルフではないと理解していても、彼がくれるお土産は、セシリィが昔好きだったものばかりだ。

ジョエルは海を渡り、商いをする一団だ。お土産が海に関係するものなのは当然かもしれないが、これほどすべてがセシリィの好みに合う偶然があるだろうか。

「まだ俺のこと、嫌い？」

美青年が叱られた子犬みたいな顔をして、首を傾げて問いかけてくるあざとさは、正直勘弁してほしい。

(どうして私にかまうの？)

避けていたことの仕返しなら、十分反省している。だから、アドルフと同じ顔をして近づいて来ないで。

「……いいえ」

「じゃあ、今日も俺の話聞いてくれるよな？」

何が「じゃあ」なのかもわからないが、言葉少ないセシリィとでは、すぐに会話は終わってしまう。そんなときは、たいがいジョエルは聞いてもいないのに、一方的に自分の話を始めるのだ。

おかげで、随分とジョエルのことを知ることができた。

彼は船で世界中をめぐることに喜びを覚えていること、行商の仕事が好きなこと、そして、理由は話さなかったが貴族社会にいい印象を持っていないこともだ。もしかしたら、貴族と関わり合いになって嫌な思いをしたことがあるのかもしれない。

それでも、ジョエルはいつも楽しそうだ。

自分の好きなことをして生きているジョエルを羨ましく思う反面、自分とは違う世界で生きている人にも思えた。

もし、アドルフが事故に遭わなければ、ジョエルみたいに生き生きとしていただろうか。

彼といると、セシリィがアドルフから奪ってしまった十年という時間の重みを痛感して泣きたくなる。

「セシリィ、こっちに来て」

冬間近にやって来た一団の荷下ろしが終わったあと、ジョエルに人気のない場所へと促された。寒くなり外に干さなくなった洗濯物がない物干し場は、少し物寂しい。

ジョエルはベンチにセシリィを座らせると、ポケットから取り出した物を手渡してきた。

「これ以上、水でセシリィの可愛い手が荒れませんように」

それは、オイルが入った綺麗な小瓶だ。

（わぁ……っ）

手のひらに収まる大きさの雫型の瓶は、栓をする持ち手がウサギの耳の形になっている。

「……可愛い」

セシリィもこの手のものをいくつか持っている。王都にいる父がセシリィを案じて、いろいろと贈ってくるからだ。

だが、ジョエルがくれた瓶は、初めて見る形だった。

思わず目元を綻ばせ見つめていると、ジョエルが嬉しそうに目を細めて笑った。

「よかった、これは使ってもらえそうだ。また子どもたちにあげちゃったらどうしようと思ってたところなんだ」

「べ、別に。気に入らなくて子どもたちに渡しているわけではありません」

「知ってる。ねだられたら断れないんだろ。だから、今回は保険をかけてみた」

そう言って、ジョエルは反対のポケットから同じものを取り出した。

「まぁっ」

用意周到さに驚かされるも、そこまでしてセシリィに使ってほしいのかと、彼の熱意に唖然とさせられる。けれど、悪い気はしなかった。

ふふっと笑うと、ジョエルもほっとした顔をした。

「そうやって笑ってなよ」

「え?」

呟きに首を傾げれば、「なんでもない」と言われた。

話を逸らされる方が気になるのだが、どうしても知りたいわけでもない。だから、気にしないことにした。

「……ありがとうございます。でも、どうしてなのですか？」

この一年、ジョエルは会いに来るたびにセシリィに声を掛け続けた。つれない態度を崩せないでいるセシリィは、決して対話していて気持ちのいい相手ではなかったはず。

ジョエルはこんなセシリィを相手にしていて、嫌にならないのだろうか。

「何が？」

慈愛に満ちた、というのはきっとこういう表情を言うのだろう。

聖母像のような穏やかな笑みの美しさに、セシリィは内心ドキドキした。

「ど、どうして私によくしてくれるのですか？　私は、あなたを避けていたのに」

問いかけに、ジョエルは「そんなこと？」とあっけらかんとした声で言った。

「君は多分、俺のこと嫌いじゃないよ。ただ知らないことが怖いんじゃないか？　だったら、知ってもらえばいいだけの話じゃないか。君がいい子なのは商団のみんなが知っている。人に言えない事情を抱えていることもね。それは、例の捜し物に関係あるんだろ？　大丈夫、絶対見つかるから」

セシリィが海辺で捜し物をしていると知ると、たいがいの者は「見つかるといいわね」と言う。

絶対という強い言葉を口にしたのは、ジョエルが初めてだった。

確信のこもった口調に、セシリィは目を見張った。

アドルフに似た人が、彼の生還を断言したことに特別な意味があるように思えて、セシリィは胸騒ぎを覚えた。

食い入るように見つめていると、ジョエルが思わせぶりな顔をしてくすりと笑う。

「案外、セシリィが気づけていないだけで、もう見つかってたりして」

「まさか。それでしたら私が気づかないわけありません」

おどけた口調に、セシリィが首を横に振った。

彼の軽口は今に始まったことではない。

さっきの言葉もそれの延長みたいなものだろう。

(そうに決まっているわ)

そんなセシリィを見て、ジョエルが「そっか……」と呟いた。

「君は、びっくりするくらい自分の世界を縮めてしまったんだな。セシリィは、自分の見ている世界と同じ風景が他人にも見えていると思ってないか？　でも、それは違うよ。人の数だけ、世界の見え方も違っている。君には見えないものが俺には見えていることもある。大事なのはそれに気づけるかだ」

「ひゃっ」

伸びてきた手が頬に触れる。ひんやりとした指先が冷たいのに、触れられたところだけ熱かった。

「な、何を……」

「セシリィには今、何が見えている？」

普段とは違う真摯な声音は、一瞬アドルフに問いかけられているのかと思った。

「何って……」

胸の中で、怖いのと、それ以外の感情が騒ぎ出す。

ジョエルの綺麗な顔がゆっくりと近づいてきたときだった。

「セシリィ、いるかい！」

玄関から聞こえた声に、セシリィはびくりと肩を震わせた。咄嗟にジョエルの身体を押しやってしまう。

現れたのはフォールズ男爵子息マリオだ。癖の強い黒髪に、黒縁眼鏡をかけた神経質そうな顔立ちをした彼は、セシリィを見るなり、当然のように両手を広げて抱擁（ほうよう）を求めてきた。

そんなマリオを見て、ジョエルが眉をひそめた。

「友人？」

問いかけに、セシリィは小さく首を横に振った。

「なら、あいつは馬鹿だな」

ジョエルが小さな声で悪態をついたのも仕方ない。

友人でもない間柄で、挨拶で抱擁などするわけがないからだ。

貴族社会には、暗黙のルールがいくつも存在する。下位の者から上位の者に声を掛けることはあってはならない、というのもその中の一つだが、マリオがセシリィに敬意を払ったことは一度もない。

見下されることが嫌いなマリオのことだ。ジョエルの冷ややかな視線に気づけば、身のほど知らずだと憤慨するのはわかりきっていた。

セシリィは、身体をマリオへ向けることで、彼の視界からジョエルを隠した。

「ごきげんよう、マリオ。今日はなんの用かしら」

抱擁に応えないセシリィに、貴族らしい煌びやかないでたちをしたマリオは、不満そうに行き場を失った手を下げる。

「商団の様子を見にね。我が家の好意がきちんと届いているのかを確認しに来たんだ」

見え透いた嘘を平然とつくマリオは、得意げな顔をしていた。

彼が商団の来る日を知っているはずがない。

たまたまやって来たときに、商団が来ていたのを口実にしたに決まっていた。

それでも、フォールズ男爵が援助をしてくれているのは事実であるため、セシリィは感謝を伝えた。

「毎回、たくさんの物資の寄付をありがとうございますと、フォールズ男爵にもお伝えください」

「もちろん、伝えておくよ」

軽く受け流された返答からして、多分男爵には届かないだろう。

「でも、俺としてはお礼は態度で示してほしいんだけどな」

「なんのことでしょう？」

とぼけると、マリオが思わせぶりな顔をした。

「結婚だよ。そろそろ真剣に俺とのことも考えて」

マリオの口から出た結婚話に、ジョエルの気配が剣呑なものになった。

「でしたら、正式に家を通してください。私個人で決められることではありませんと、以前にもお伝えしたはずです」

「察しが悪いなぁ。男爵家からの求婚なんて相手にされるわけないことくらい、君だってわかっているはずだ」

「私にどうしろと？」

この会話も何度しただろう。

どうしても公爵家と繋がりを持ちたいマリオは、どうにかしてセシリィに取り入ろうと躍起になっている。

なぜなら、男爵家は一代限りだからだ。父親が死ねば、彼は貴族子息ではなくなる。そうなる前に、セシリィと縁を結ぶことで貴族社会に居続けたいのだろう。

「セシリィから公爵にマリオと結婚したいと言ってくれ」

自分勝手な要求に、呆(あき)れて開いた口が塞がらない。

マリオとの婚姻でルモントン公爵家になんの得があるというのか。

もっと彼の人柄がよければ話も変わってくるのだろうが、今の会話だけでもセシリィを道具としか見ていないのがありありと伝わってきていた。

「やっと第一王子が死んで、ようやく俺との仲を堂々と世間に公表できるときが来たとは思わないか？」

「あなたと私には、公表することなどありません」

セシリィを軽んじたことよりも、アドルフに対して不敬な発言をしたことに苛々(いらいら)した。

勘違いを諌(いさ)めれば、マリオが仕方なさそうに肩をすくめた。

「そういうことにしといてあげてもいいけど、俺の機嫌は損ねない方がいいと思うよ。物資の支援がなくなってもいいわけ？　子どもたちが泣くかもなぁ！」

これみよがしに大声で喚くのも、セシリィを威圧しているのだろう。

フォールズ男爵は人格者なのに、どうしたらこんな息子になるのか。

（私も人のことは言えないけれど）

セシリィも、父や母をさんざん泣かせてきている身だ。

親孝行をしたいと思うが、だからと言って、マリオとの結婚だけはごめんだった。

「その辺りにしておけよ。どれだけ男を下げる気だ？　聞いている方が恥ずかしいだろ」

すると、それまで傍観していたジョエルが、唐突に口を挟んだ。

「はぁ？　なんだ、お前。俺に盾突く気か？」

「あなたは黙っていて。マリオ、今日はお帰りください」

ジョエルもなぜ首を突っ込んできたのか。

マリオの不興を買えば、不敬罪で罰せられるかもしれないのだ。

こんなとき、アドルフならどうやってこの場を収めるのだろう。

聞いてみたいけれど、あいにくここにいるのは、彼によく似た別人だ。しかも、困ったことに意外と血の気が多いらしい。

権力を振りかざす無作法者から民を守るのも、貴族の務めだ。

セシリィはベンチから立ち上がると、手を身体の前で組み、姿勢をピンと正した。

「セシリィ？」

虚を衝かれたようなジョエルを無視して、まっすぐマリオを見据えた。

「これ以上、あなたと話すことはありません。お帰りください」

セシリィの態度に、眼鏡の奥の双眸がみるみる不機嫌そうに細くなった。

「セシリィ、そいつに謝らせろよ。貴族に刃向かったんだぞ」

「代わりに私がお詫び申し上げます。どうか私に免じてご容赦ください」

頭を下げると、ますますマリオの目つきが鋭くなった。

「その程度で俺が納得すると思ってるのか⁉」

「いいえ、あなたはしなければならないのです」

「ふざけるなよ！　平民が貴族を愚弄したんだぞ‼」

身分の差を誇示するマリオこそ、自分の立場をわかっていない。公爵令嬢が男爵子息に頭を下げる意味を彼は理解しているとは思えなかった。

セシリィは見据える目に力を込めた。

「これ以上は私に対する不敬と見なし、正式にフォールズ男爵家へ抗議しますよ」

「——ッ」

マリオが横柄でいられたのは、セシリィがそれを黙認していたからに過ぎない。

セシリィ自身、身分差を見せつけるのは好きではなかった。

しかし、その甘さがマリオをこれほど増長させてしまった一因であるのは確かだ。

毅然とした態度で格の違いを指摘されたマリオは、顔を真っ赤にして身体を屈辱に震わせた。

「だったら――、抗議なんてさせられなくすればいいんだろっ」

「きゃ……っ！」

次の瞬間、激高し飛びかかってきたマリオを後ろから飛び出したジョエルが押さえつけた。

無駄のない動きで、あっという間にマリオを地面にねじ伏せる。

背中を膝で押さえ込まれたマリオが、潰れた蛙みたいな悲鳴を上げた。

「ぐえっ!!　お前ぇぇ――ッ!!」

そこへ、騒ぎを聞きつけ一団たちが駆けつけた。

「ジョエル！　何してんだいっ!!」

「このぼんくらがセシリィに手を上げようとしたんだ。ユリシーズ、お前はセシリィの護衛だろう。何をしている」

語気を強めた叱責は、人の上に立つ者独特の威厳があった。その場にいた誰もが、ジョエルの発する空気に呑まれている。サリーですら、微動だにできずにいた。

そんなジョエルの様子に、瞠目したユリシーズが小声で何か呟いた。その視線は、まっすぐジョエルに向けられていた。

セシリィもまた、ジョエルの姿に、待ち人の姿を見た気がした。

ただの平民にできることとは思えなかったからだ。

(彼は何者なの？)

茫然としていると、表情を引き締めたユリシーズが動いた。

「代わります」

ジョエルからマリオを引き受けたユリシーズが、深々とセシリィに頭を下げた。

「お嬢様、申し訳ありませんでした」

「……いいえ、大丈夫よ」

ただひとり、マリオだけは、地面に突っ伏して喚き散らしていた。

「俺にこんなことをしていいと思ってるのかっ!! 覚えてろっ！ お前なんか死刑にしてやる!! おい、離せ!! 気安く触るな！」

「静かにしろ」

引っ立てられながらもなお、マリオはジョエルに罵声を浴びせ続けていた。

「どうして、俺を庇った」

その様子に一瞥もくれず、ジョエルらしくない硬い声音で問いかけられた。

「あなたこそ、なぜ話に割って入ったりしたの？　庇ってくれようとするにしても、喧嘩を売る相手は選んだ方がいいわ。彼は気に入らない相手には容赦しない人よ」

睨めつけるも、ジョエルは怯まない。

答えを聞くまでは動かないと言わんばかりの強い視線を受けて、セシリィはほっと息を吐いた。

「あの場でマリオを諌めることができたのは、私だけだからよ」

「公爵令嬢だから？」

なぜ彼がそのことを知っているのかと一瞬疑問に思ったが、マリオが「公爵」と言っていたからだろう。

「そうよ」

ジョエルは嫌っているが、身分があるからこそ、誰かを救えることもあるのだ。

「君は……っ」

彼は、セシリィの忠告に思うところがあったのか、それきり口を閉ざしてしまった。

騒動を知った父は烈火のごとく怒り、すぐさまフォールズ男爵家に抗議を入れたことで、マリオは勘当された。ルモントン公爵家に目の敵（かたき）にされたことが知られれば、フォールズ男爵家はひとたまりもない。それならば、騒ぎの元凶であるマリオを勘当することで、父に溜飲を下げてもらうことを選んだのだ。

その後、マリオが町の酒場でくだを巻いている姿を見たとエイダは嫌そうに言っていたが、身から出た錆（さび）だと思えば同情する気も起きなかった。

セシリィはいつものように子どもたちの世話に明け暮れていた。一騒動はあったものの、それも過ぎてしまえば変わらない日常が戻ってくる。

あれ以来、サリーたちは来ていない。

ジョエルが何者かという疑問は胸の中で燻（くすぶ）ったままだが、一団が来ないうちは確かめようがなかった。

アドルフと同じ顔を持つ人が、頭から出ていってくれない。

もし、彼が本当にアドルフだったとしたら。

（そうだとしたら、私は――）

長年の願いが叶うかもしれないのに、心はざわめいた。

そもそも、もしアドルフならば、なぜ名前を変えて行商などしているのだろう。

どうして、セシリィを見ても何も言わないのか。

好天に恵まれた太陽の下で、みんなで洗濯物を外に干していると、唐突に幼子が遠くを指さした。

「あれー、さりーがきたよ？」

「ばーか、サリーの馬車があんな綺麗なもんか。あれは、貴族の馬車だ」

ランカーが窘めると、幼子がぷうっと頬を膨らませた。

「だって、ばしゃはばしゃだもん！」

「そうよね。教会に来る馬車はサリーたちだけだものね」

セシリィはむくれる幼子をなだめ、やって来る馬車を見た。ランカーの言うとおり、連なる荷馬車の先頭を走るのは白い馬車だ。

「きぞく、いやー！　せしりぃにいじわるするもんっ」

そう言って、幼い子どもの一人が、セシリィの足にしがみついてきた。

マリオの一件以来、子どもたちの中には貴族に警戒心を持ってしまった子もいるのだ。

セシリィも注意深く馬車を見つめた。

まっすぐこちらへ向かってくる馬車に、不安がよぎる。まるで、平穏を脅かす不穏なもののようにすら思えた。

無意識に子どもを抱きしめる手に力がこもる。ユリシーズはセシリィを守るように前に立ちはだかった。

馬車が教会の前で止まる。翼の生えた盾とグリフォンが描かれた紋章は、初めて見るものにも思えた。

(誰なの?)

だが、次の瞬間。馬車から降り立った人物に、セシリィたちは目を見張った。

(嘘――)

視界に飛び込んできたのは、太陽の光みたいに美しい金色の髪だった。

「じょえるだ!」

子どもたちの声に、セシリィはっと正気に戻った。

馬車を降りた彼が、子どもたちの声に顔を向けた。見慣れた顔立ちに、いよいよセシリィの中で得体の知れない感情が膨らんでくる。

十年間、何百回も考えてきた。

もしアドルフが戻ってきたなら、と。

だが、どれだけ待ってもそんな日は来なかった。

目の前にいる人は、アドルフではない。

なのに、セシリィには彼が待ち焦がれていた人にしか見えなかった。

（な……ぜ？）

いったい、どういうことなのか。

「ほんとうだ、じょえるがきぞくになった！」

「でも、じょえる。かみがきんいろになっちゃってる！」

「じょえる――っ！」

貴族のいでたちをしたジョエルを見るなり、子どもたちは一斉に走り出した。取り囲まれたジョエルはにこやかだったが、御者（ぎょしゃ）は子どもたちの勢いにおろおろしている。

セシリィだけが、その場に取り残された。いや、動けなかった。

（アドルフ様……なの？）

疑ってみても、ジョエルの子どもたちの頭を撫でる手つき、向けるまなざしは、かつてセシリィに向けられていたものとそっくりだった。

何より、セシリィの直感が本物だと告げていた。

ジョエルがアドルフだった。

信じられないと思いつつも、視線が外せない。

髪の色を変え、身なりを整えただけで、彼はアドルフになっていた。

顔を合わせるのを躊躇（ためら）うほど似ているとわかっていたのに、どうして、こんな簡単なことが見抜けなかったのか。

(違う、私たちが見抜けなかったのではないわ)

ジョエルは意識的に王子としての要素を消していたのではないだろうか。

(でも、なぜなの?)

名を変え、姿を変える理由がセシリィにはわからなかった。セシリィを見ても他人の振りをしていたのはどうしてなのだろう。

頭が真っ白になって何も考えられない。

(どうして何も言ってくれなかったのですか?)

整えられた髪型のせいか、あらわになったジョエルの美貌が眩しい。

襟元(えりもと)に銀色の精緻な刺繍が施されたジャケットに、ネッククロスに嵌(は)められたブローチにはジョエルの瞳と同じ青藍色をした宝石が光っていた。

上品で気品溢れるいでたちは、優美さに満ちていた。

これほどまでに完璧な姿を見せられて、どうして彼がアドルフでないと言えるだろう。

茫然としているセシリィの前で、ユリシーズが「やはり」と呟いた。

それから、うやうやしくジョエルに一礼して、セシリィの前から退いた。

開けた視界には、セシリィに向かって柔らかく微笑むジョエルがいた。

彼がよく見せていた完璧な微笑に、いよいよ観念する。

（あぁ、アドルフ様）

すると、こらえていた想いが堰を切ったように喉へとせり上がってきた。

積年の願いが今、叶ったのだ。

（よかった――っ）

「……っ」

だが、ここで取り乱したら駄目だ。

ぐっと喉を焼く感激をこらえ、セシリィは最敬礼の姿勢をとった。

「いい、やめてくれ。セシリィ、顔を上げるんだ。君にそんなことをさせたくて、この姿で来たわけじゃない」

口調も記憶にあるとおりのものだ。

柔らかでいて、威厳もある。ジョエルのときの軽薄なものではなく、言葉一つに重みがあった。

（あぁ、アドルフ様だわ）

感動に唇が震える。

「セシリィ、顔を上げて」

優しい命令に、セシリィはゆっくりと姿勢を戻した。

目尻に溜まった涙を零さないよう顔に力を込めた分、きっと険しい表情になっているだろう。

目が合うと、ジョエルがふわりと目元を綻ばせ、今度は彼が優雅に一礼した。

アネルデン王国の王子がセシリィに頭を垂れたことに、セシリィは目を見開いた。

「何をなさって——っ、おやめください！」

「このたび、キエラ国ヴァロア侯爵を授爵されました。今後はジョエル・ヴァロアと名乗らせていただきます。ルモントン公爵令嬢セシリィ嬢におかれましては、ぜひともお見知りおきくださいますようご挨拶にはせ参じた次第です」

「侯爵……？」

つらつらと述べられた口上に、目が点になる。彼は何を言っているのだ。

（アドルフ様が他国の侯爵？）

キエラ国とは、海を渡った大陸にある一国だ。国土はアネルデン王国とさほど変わらないが、百年ほど前に独立してできた新興国だ。

「そうだよ」

顔を上げたジョエルの瞳が一瞬、セシリィを見て蠱惑的に煌めいた。アドルフらしくない獲物を見定めたときに見せる猛獣のような視線に心を鷲掴みにされる。

「君を迎えに来たんだ」

「――え……？」

一瞬、何を言われたのか理解できなかった。

茫然自失していると、ジョエルがセシリィの手を取り、指先に口づけた。

「どうか俺と結婚してください」

「――？」

（……結婚？）

呆けるセシリィをよそに、子どもたちからは「わぁぁっ！」と歓声が上がった。

「せしりぃ、けっこんするの⁉」

「はなよめになるんだっ」

喜びの声に、はっと我に返る。

「みんな、ちょっと待って。違うからっ」

「セシリィはまだ俺が嫌い？」

慌てふためくセシリィに、子どもたちに交じってジョエルがまたしても、首を傾げたあざとい仕草で問いかけてきた。

「まさかっ、嫌いだなんて……。だ、だって、あなたはアド……っ」

その先の言葉を押しとどめるように、ジョエルの指が唇に触れた。

「ジョエルだよ」

そう言って、ジョエルが美しい微笑を浮かべた。

「あ……」

青藍色の瞳に見つめられ、自分が何を口走りかけていたかに気がついた。

エイダや子どもたちは、ジョエルの正体を知らない。セシリィが取り乱せば、彼らは不審がるだろう。

もし、第一王子の生存が世間に知られれば、第二王子ルベンを王太子と決めた王家が再び混乱に陥（おちい）ってしまう。

（戻ってきてくれたのに――）

彼をアドルフと呼べないことがもどかしかった。

「なぜ私なのですか……？」

どうにか心を落ちつけ平静を取り繕うも、声は震えてしまった。

セシリィは、元婚約者であるが、彼を今の状況に追い込んだ張本人でもある。そんな者に結婚を申し込んだりする理由とはなんなのだろう。

まだ「罪を償え」と言われた方が、納得できる。

問いかけに、ジョエルは唇から指を離し、それを自分の唇へと押し当てた。どきりとするような蠱惑的な笑みに息を呑んだ次の瞬間。

「君を好きになったんだ」

アドルフらしくない、人を食ったような口ぶりで愛を告げられた。

「……はい？」

いったい、彼は次から次と何を言い出すのだろう。

（好き？　誰が？）

確かに、よくお土産をくれるとは思っていたが——。

（あれは、求愛だったの？）

好きの意味に混乱していると、幼子のひとりがセシリィの手を引いた。寂しそうな顔で一生懸命見つめてくる。

「せしりぃ、じょえるとどこいくの？　すぐにかえってくる？」

結婚がどういうものか理解できない年齢の子たちは、セシリィがどこかへ出かけていくと思っているのだろう。

「いかないでよ、せしりぃ」

「だ、大丈夫よ。泣かないで。私は行かないわ」

「いえ、行ってください」

だが、なだめようとするセシリィを阻む者がいた。

「ユリシーズ？」

「お嬢様。私たちとはここでお別れです。以前、神父様がおっしゃったように、なくしたものは思いがけないところにあるのだと、今わかりました。ヴァロア侯爵様と行ってください」

その言葉から、ユリシーズもジョエルがアドルフであると確信しているのがわかった。

さして動揺していないところを見れば、彼はどこかの時点でジョエルがアドルフであることに気づいていたのかもしれない。

「突然何を言い出すの？　あれは……っ。第一、行くとしたら護衛であるあなたも一緒よ？　それに教会のことだってあるわ」

いくら年長組が手伝ってくれても、神父だけでは子どもたちの面倒は見きれないだろう。この教会はセシリィを思って父が建ててくれたものでもある。

それを、アドルフが戻ってきたからと手放すのは、あまりにも無責任ではないだろうか。

セシリィだけを送り出そうとする姿勢に疑問を投げかけると、ユリシーズがきっぱりと首を横に振った。

「いいえ、俺は行きません。ここで、エイダと夫婦になろうと思います」

「はぁ――っ⁉」

話を聞いていたエイダが、素っ頓狂な声を上げた。

「そっ、な……っ、結婚って、今言うっ⁉」

「いつ言おうか迷っていた。――エイダ、俺と夫婦になってほしい」

そう言うなり、ユリシーズが騎士らしくエイダに跪き、その指に触れた。

突然始まったプロポーズに、セシリィたちはあんぐりと口を開けてしまった。

ただひとり、エイダだけは、そうはいかなかった。

「なん――っ、の、望むところよ！」

エイダらしい憎まれ口だが、その表情は今にも泣き出しそうだ。真っ赤にした顔が可愛らしい。

「ありがとう、一生大事にする」

ユリシーズは彼女の指に口づけ、「愛してる」と囁く。まっすぐ心に響く愛の言葉に、とうとうエイダの涙腺が決壊した。

「そういうわけですので、子どもたちのことも、俺が責任を持って面倒見ます。旦那様も俺の意見に賛同してくれるはずです。何もご心配はいりません」

立ち上がり、ゆでだこみたいになっているエイダの肩を抱いたユリシーズに、文句など言えるわけがなかった。

（そういうわけって……、意味がわからないわ）

アドルフが戻ってきたなら、自分はお役御免だと言わんばかりのユリシーズは、もう心を決めているように見える。

ここにはもうセシリィの居場所はないのだと。

「これは外堀を埋めてきたかな？」

ジョエルも、ユリシーズの思惑に気づいたのだろう。

肩を寄せ合う二人を見ながらジョエルが苦笑した。

「セシリィ、俺と一緒に新しい場所へ行こう。必ず君が望む幸せをあげるよ」

みんなに注目される中、セシリィは差し出された手を食い入るように見つめた。

（私は、ここでアドルフ様の無事を祈って……）

ずっと、そうやって暮らしていくのだと思っていた。神に許しと祈りを捧げながら、変わらない日常を過ごしていくのだと。

けれど、状況は一変した。

こんなにも呆気(あっけ)なくすべてが様変わりするなんて思ってもみなかった。

この十年、自分の幸せなど考えたこともなかった。

もし、セシリィがジョエルの申し出を断ったら？

もうアドルフの生還を祈ることはできない。彼は生きて戻ってきているからだ。

自分はこれから何を生きる目標にすればいいのだろう。

セシリィの望む幸せとは、何？

（わからない）

今まであったものが、唐突に消えてしまった。

生きる意義も、居場所も全部だ。

「セシリィ、旅立ちのときが来たんだ」

本当に？

不安しかない中で、どこへ行けばいいというのだろう。

（私は何をすればいいの？）

目の前に差し出されている、この手についていけばいいのだろうか。だが、他でもないアドルフが行こうと言っているのだ。

どうして、彼の言葉を無下(むげ)にできるだろう。

「俺と結婚してくれるね」

「……はい」

それでも、たった一つだけはっきりしている。それは、セシリィの願いは叶ったということだ。

おそるおそる、ジョエルの手に手を重ねた。

その直後、周りからは歓声が上がった。

【第二章　十年ぶりの王都】

子どもたちやユリシーズと別れたあと、セシリィは一旦、王都にあるヴァロア侯爵のお屋敷へ向かうこととなった。

というのも、ジョエルがその足で港へ行こうとしたからだ。

「さぁ、キエラ国へ出発だ！」

先ほどまであった貴族然とした雰囲気はどこへ行ったのか、まるで船長にでもなったような揚々(ようよう)とした宣言に、セシリィが目を丸くしたのは言うまでもない。

「ま、待ってください！　今からですか？」

「善は急げと言うだろう。この国ですべきことは終わったからね。セシリィもだろう？」

当然のように言われても困る。

「そう言われましても」

「堅苦しいだけの敬語はやめだ。セシリィが使うと言うのなら、俺も使う。なぜなら君は公爵令嬢で、俺は侯爵。身分はわきまえないといけないんだろう？　あと、俺のことは今までどおりジョエルと呼んでくれ」

すぐにマリオとの会話のことを言っているのだと気がついた。

「あれは……っ、あなたを守らなければと思って」

「マリオに立ち向かった君は毅然としていて綺麗だった」

うっとりとした様子で言われても、セシリィはうろたえることしかできない。

十年経って身分が逆転するなんて考えてもいなかった。

目の前で笑みを浮かべる人はアドルフだと理解していても、まだ彼と同じ見た目をした別人に見える。

結局どうしていいかわからず、セシリィは両手で顔を覆った。

「……いじわる」

「知らなかった？　実はこういう性格なんだ」

セシリィが困惑する様子にくすくすと笑いながらも、彼はセシリィの出方をうかがっている。まるで試されているみたいだ。

「では……ジョエル様とお呼びしても？」

渋々了承すれば、「よろしい」と言わんばかりにジョエルが鷹揚に頷いた。

「それで、どうしてセシリィはキエラ国へ行くのを止めたんだ？」

首を傾げる彼は、心底不思議そうな顔をしていた。

「え……、それは」

あまりにも唐突だったから思わず止めてしまったが、理由など準備していない。

強いて止めた理由を挙げるなら、展開が急すぎる、だろう。セシリィはジョエルほど行動力もなければ、ユリシーズみたいに気持ちの切り替えもうまくない。

行こうと言われたから来たのであって……。

「あ……と、そう！　お父様やお母様にご報告を」

咄嗟に出た言葉だが、我ながら妙案だと思った。

ジョエルもセシリィの言い分に共感するものがあったのだろう。

「確かにそうだね」

そう言って、顎に手を置いた。

「婚約に関する書類などはキエラ国に提出するとして、ルモントン公爵への挨拶が終わるまでは、アネルデン王国に留まろうか」

（よかった……っ）

納得してくれたことにほっとすると、ジョエルは御者に行き先の変更を告げた。

ルモントン公爵領から王都までは、馬車で丸一日かかるため、ジョエルは途中、宿屋で一泊し、翌日王都のお屋敷に到着する予定を組んだ。

「王都にお屋敷があるの？」

「テランス……前ヴァロア侯爵は、あちこちに屋敷を持っているよ。安く売り出されている屋敷を買い上げ、自分好みに改装するのが好きなんだ」

ジョエルの言うあちこちとは、世界中という意味だろう。

滞在するのなら、宿屋を使うのが一般的だが、あえて屋敷を手に入れているということは、莫大な財力を持っているということだ。

「豪快な方なのね」

「よく言えばね。改装をするだけけして満足してしまうのだから、もはや悪癖だよ」

「人に貸したりはしないの？」

「使わなくなった物件はそうしているみたいだが、あの人も気まぐれだからね。いつ、どこへ行くかは気分次第なんだ。そのくせ、長期の宿泊施設への滞在は嫌いなんだそうだ。別邸が各国にできるのもそういう経緯があってのことらしいよ」

他人事のように話しているジョエルは、ヴァロア侯爵家の財力にさほど興味がないようにも見えた。

自分は、これからは彼と共に生きていくのか。

(新しい場所か)

そのための一歩をもう踏み出してしまった。

けれど、実感はない。

セシリィは向かいに座るジョエルをうかがい見た。

ジョエルはアドルフで、ヴァロア侯爵でもある。違うのは、第一王子ではないということだけ。

理解はしていても、気持ちが事実に追いついてこない。

(アドルフ様、よね)

醸(かも)し出す気品も、十年前よりも大人になった横顔もアドルフだ。茶色に染めるのをやめた今、金髪は以前よりも一層眩(まぶ)しく煌(きら)めいている。

だが、どうして他国の侯爵なのだろう。

ヴァロア侯爵を授爵されることに、王族という身分を捨てるだけの価値があったということなのだろうか。それとも、他の理由があったのか。

王族は誰もがなれるものではない。

ジョエルはそれを捨てることに未練はなかったのだろうか。

（あんなに国や民のことを考えておられたのに）

セシリィはアドルフが新しい政策の準備をしていたのを知っている。彼は、アネルデン王国の民の生活水準を底上げしようとしていた。

この国をよくしたいという思いは、消えてしまったのだろうか。

ジョエルが用意した馬車は、豪奢のひと言に尽きた。

座り心地のいい座面に、大人二人が乗っても少しも窮屈さを感じない車内。

それだけでも、キエラ国のヴァロア侯爵家の裕福さがうかがい知れた。その後継となったジョエルも商人だった頃の面影はなく、悠然と足を組む様は高貴さに満ちている。

彼はいつヴァロア侯爵位を継いだのだろう。

（十年の間に、何があったというの？）

ジョエルと話をするようになって、彼のことを知ったつもりでいたが、肝心なことは何も知らないでいることに気づかされた。

行商の仕事を楽しんでいることは知っていたが、どうして商団に入ったのかは聞いていない。

セシリィに対し他人の振りをし続けた理由も、アドルフであることを隠していた理由も、どうやって救助されたのかも。

けれど、彼がアドルフであるのは間違いない。

でなければ、セシリィが子どもの頃に好きだったものばかりをお土産に選べるはずがないからだ。

(わからないことだらけだわ)

視線に気づいたジョエルが、目を細めた。

「そのうち顔に穴が空きそうだ。俺が気になる？」

「ご、ごめんなさい」

慌てて視線を下げるも、図星だった。セシリィの全神経がジョエルに向いている。

彼の中に自分の求めている答えがあるからだ。

視界の端でジョエルが足を組み替える気配がして、そろりと視線を上げ、彼をうかがい見た。

「――っ」

「なぁに？」

ぶつかった視線に、肩が跳ねた。

ジョエルが組んだ足に肘をついて、顔を乗せた体勢でこちらを見ていたからだ。

「な、なんでもないわ」

「へぇ。なら、俺のことは知りたくないんだ？」

試すような口ぶりが、核心を突いてくる。かぁっと顔を赤らめれば、ジョエルがふふっと表情を綻ばせた。

彼は今アドルフなのか、それともジョエルでいるつもりなのか。

どちらも彼だが、セシリィの知るアドルフとジョエルは、あまりにも印象がかけ離れすぎていた。

「……アドルフ様なのですよね？」

おずおずと問いかけた口調は、つい敬語になってしまった。

「そうだよ、僕のお姫様」

アドルフがよく使っていたその呼び名を、ジョエルが当たり前のように口にした。これ以上、彼を疑う理由はなかった。

「なぜなの？」

「それは何に対する疑問？　俺がジョエルであること？　それとも、王子だと名乗り出なかったわけ？　もしくは、他国の侯爵になったことかな？　俺としては、君を好きになったきっかけであってほしいけど」

「全部ですっ。どうして——っ、十年も……！」

知りたい気持ちが口から溢れ出るも、想いが強すぎてうまく言葉にならない。

食い入るように見つめると、「記憶がなかったんだ」とジョエルが言った。

「——え……？」

一瞬、何を言われたか理解できなかった。

「記憶って」

「もちろん、自分が王子だった頃の記憶だよ。波にさらわれた俺は、どこかで頭をぶつけたらしい。運よく近隣の離島の漁師に救助されたけれど、俺は自分が誰であるかわからなかった。もちろん、名前も身分もね」

証拠だ、とジョエルが前髪をかき上げた。生え際に残る傷痕に、セシリィは口元を覆って愕然とした。

どれだけ痛かっただろう。

当時、ジョエルが味わった苦痛を想像し眉をひそめれば、そんなセシリィを見てジョエルが苦笑した。

「気持ち悪い？」

そうではない、と首を横に振る。

「どうして、私ではなかったんだろうと思って」

怪我のことだけではない。波にさらわれるところから自分であってほしかった。

セシリィの告白に、ジョエルが目を見張った。それから、ゆっくりと細い息を吐き出す。

「今の君ならそう言うよね」

「え？」

聞き取れなかった呟きに怪訝な顔をすれば「こちらの話だよ」と言われた。

「彼らも身なりから俺が貴族であることは推測できたけれど、王子だなんて思わなかったようだ。本土の者なら顔くらい見たことはあっただろうが、離島の住人だったからね。記憶のない俺を、サリーたちに託したのは、彼女たちが世界を回る商団だからだ。どこかで俺の身元がわかるかもしれないと思ったそうだよ」

国王は国の保安を最優先にしたことで、アドルフの捜索を大々的に行うことができなかった。だからこそ、国民はアドルフが長らく病に臥しているという嘘を疑わないでいたのだ。

まさか、それが弊害になっていたなんて、誰が想像しただろう。

もし、あのとき国王が国益を顧みず、王子が水難事故に遭ったことを公表していれば、彼は王家に戻れたに違いない。

「なんてことなの」

国王の判断は致し方ないものだった。しかし、そのせいでアドルフはしなくてもいい苦労をしたのだと思えばいたたまれなかった。

「私はどうやって償えば……」

両手で顔を覆えば「セシリィが気に病むことはないよ」と軽い口調で言われた。

「あれは不幸な事故だったんだ」

違う。あのとき、セシリィが神の怒りを買わなければ、嵐は起きなかった。

「いつ記憶を取り戻したの？」

「春先に君が弾いた一音外れたピアノがきっかけだったかな。五感に染みついた思い出は、本人の意志に関係なく唐突に蘇る（よみがえ）ものだね。しばらくは茫然（ぼうぜん）としたよ。セシリィはどんなに丁寧に教えても、どうしてかいつもあの音だけ外していたよね。癖になっていたのだろうな」

妃教育の一つだったピアノは講師にも習っていたが、遊びの延長としてアドルフにも教えてもらっていた。彼はとてもピアノが上手かった。

しかし、アドルフが行方不明になってからはそれも中止となった。セシリィが部屋に閉じこもってしまったこともあったが、王家もアドルフの捜索で、それどころではなかったからだ。

「だから、私に話しかけた──」

ジョエルが初めて声を掛けてきたのも、そのときだった。

ならば、あのときはもうセシリィが何を捜しているかも知っていたということになる。

「気がついたら声を掛けていた。でも、セシリィのことは以前から知っていたよ。たとえば俺たちを避けていたこととか」

「そ、それは……っ」

「わかっているよ、俺がアドルフに見えて辛かったんだよね」

「……ごめんなさい」

承知の上で話している彼の口調は明るい。

もしかしたら、自分がアドルフに戻れないことを知っていたから、諦めろと言ったのだろうか。

ジョエルしか知らない事実があったから……。

(どんな気持ちで自分の訃報を聞いたの？)

辛くはなかっただろうか。

彼があと一年、いや半月早く記憶を取り戻し、王子だと名乗り出ていれば、現状は変わっていた。王太子になっていたのは、アドルフだったはず。

「戻ろうとしなかったのも、本当は王家を混乱させたくなかったからではないの？」

けれど、彼がアドルフの記憶を取り戻したときは、もうどうにもならなかったに違いない。

国のことを一生懸命考えてきた人だから、自分が表舞台に返り咲くべきではないと判断したのだろう。

「まさか。セシリィは俺を買い被りすぎている。たとえそれ以前に記憶が戻っていたとしても、王家には戻らなかったよ。言っただろう、行商の仕事が好きなんだと」

セシリィが腑に落ちないのは、ここだ。

「なら、どうして侯爵に？」

「君が欲しかったから」

「え？」

訝しめば「そのままの意味だよ」とジョエルが言った。

「権力がなければ得られないものがあった。だから、ちょうど打診されていた侯爵を引き継いだんだ。でもセシリィ、よく聞いて。俺は今の自分に後悔はしていないし、アドルフである俺を捨てたわけでもない。俺もアドルフも、同じ人間だよ」

言い含めるようにジョエルが告げる。

（アドルフ様も、ジョエル様も同じ人――）

彼の言わんとすることは伝わっているが、素直に聞き入れることができなかった。

侯爵になった理由がセシリィを得るためだというのなら、王族に戻ってもいいはずだ。王座には就けなくなったが、相応の爵位は与えられるだろう。

（他国の貴族になどならなくても……）

「浮かない顔してる。話してくれないとわからないよ」

口を噤むと、ジョエルがこつんとセシリィの額に自分の額を当てた。

ジョエルは、セシリィが現状を受け入れられないことに気づいている。

だが、今の人生に満足しているという彼に、アドルフのままでいてほしかったなんて、言えるはずがなかった。

「……申し訳ないって、思ってるだけ」

震える声で告げると、ジョエルが「嘘つきだな」と含み笑いをした。

「嘘なんてついてないわ」

「でも、本心は隠している。俺にだけは我慢なんてしなくていい。昔はもっとわがままだったじゃないか」

「昔って？」

「そうだな。君は何度も俺にピアノを弾いてくれとせがんでくるから、たいして好きでもなかったピアノも、曲のレパートリーだけは増えたよ」

セシリィは、アドルフの弾くピアノが大好きだった。

綺麗で素敵な王子様が曲を奏でる姿は、絵本に出てくる王子様そのもので、見るたびにうっとりした。

けれど、彼には負担だったのだ。

「ごめんなさい」

「責めてるわけじゃないよ。俺が言いたかったのは、あんなふうに甘えてほしいってこと。弟とは兄弟らしいことなんてしてこなかった分、妹みたいな可愛い君に懐かれるのは結構気に入っていたんだ」

側妃ナデージュの産んだ第二王子ルベンとアドルフは、当時からすでに派閥争いの渦中にあった。我が子を王座に据えたいナデージュのせいで、二人は仲良く遊ぶ機会も得られなかったに違いない。

「楽しかったね」

視界いっぱいにジョエルの笑顔が見える。

セシリィが過酷な人生に追いやってしまった人は、謝罪も贖罪も必要ないと言う。それよりも、わがままであれとまで言うのだ。

（私はどうしたらいいの？）

勧められるまま新しい道へ踏み出したのに、セシリィにはまだなんの光も見えないでいた。

「セシリィは昔の俺と、今の俺。どちらが好き？」

「……え？」

好き、の言葉に、なぜか心の内側がひやりとなった。

（どちらが？）

花が綻ぶようにふわりと笑う様子は、アドルフのもの。けれど、彼は好意を簡単に言葉にしたりしなかった。

「そ、そんなこと急に言われても……困りますっ」

「ふふ、困るんだ」

楽しげに含み笑うジョエルを睨めつければ、「いや、迷ってるのか？」と、首を傾げていた。

「教えてよ。セシリィは、どちらの俺と恋したい？　アドルフ？　それともジョエル？」

「そのようなことっ、……お答えできません」

「簡単なことじゃないか。俺は妹みたいだった君も、今の君もどちらも好きだ。だから君も、アドルフとは兄妹みたいな関係だったから、俺とは恋をしよう」

　手を繋がれ、「こ、ひぁあっ」と変な声が出た。

「こ、恋っ⁉」

「セシリィはしたことある？」

　問いかけられ、セシリィは思いきり首を横に振った。

　マリオは常にセシリィを見下し「仕方なく結婚してやるんだ」という気持ちが全身から滲(にじ)み出ていた。彼が欲しかったのは爵位であり、セシリィの心ではなかったからだ。

　アドルフもセシリィの婚約者ではあったが、特別な異性というのとは違った。

　だから、恋という聞き慣れない言葉を使われたことで、セシリィは完全に気が動転してしまった。

「ジョエル様っ、て、て……手を離してっ。こ、困ってますっ」

「俺は君に求婚をして、セシリィはそれに応(こた)えてくれた。つまり、俺たちは婚約者になったんだ。あぁ、まだ証明書を出してないから仮か」

「そ、ん……なことはどうでもよくてですねっ。だ、だいたいあれはそうせざるを得ない状況だったというかっ」

　焦(あせ)るほど、言葉が上ずっていく。

繋がれている手を引き抜こうとすると、逆に彼の方へと引き寄せられた。

「きゃあっ」

傾いだ身体をジョエルに抱き留められる。

「君が好きだよ」

「――っ」

息が頬にかかりそうなほどの至近距離に、息を呑むほど綺麗な顔がある。

「王子でない俺にがっかりした？」

自虐的な言葉にセシリィは目を剝いた。

アドルフである自分も捨ててはいないと言った口で、自分を卑下したりしないで。

「がっかりなんて、するわけありませんっ！」

強い口調で否定すると、ジョエルが嬉しそうに微笑む。

「知ってる。ごめんね。セシリィ、キスしていい？」

こつん、と額に額を押しつけられる。

「な――っ」

いったい、なぜそんな発想に至るのか。

まだ彼を知らないうちは、何も許してはいけない。

頭ではわかっていても、視線が外せない。

息を呑んだ瞬間。唇に柔らかい感触が重なった。

初めての口づけに、身体がびくりと跳ねる。一度目は、触れるだけ。二度目は少し長く。

「セシリィ、口開けて」

三度目で、ジョエルがねだった。

舌で唇を舐められ、「お願い」と催促される。吐息のような囁きは、まるで魔法みたいにセシリィを誘惑した。おずおずと口を開くと、するりと中に彼が入ってきた。

「ん……っ」

――大丈夫。

そう言うかのように、ジョエルがセシリィを抱きしめた。怯えて強ばる身体を右手でさすり、左手が後頭部にあてがわれた。

ねっとりと歯列の内側をなぞられ、上顎を舌先でくすぐられた。戸惑う舌を搦め捕られると、生温かい刺激にぞくり……と腰骨辺りが疼いた。

「ふ……っ、ぅ、ん」

口腔内で舌が絡まり合うたびに、水音が立つ。

全身をジョエルの温もりに包まれ、息継ぎの仕方も知らない行為は苦しいのに、嫌だとは思わなかった。徐々に頭の中がぼんやりとしてくる。

（こんなのは駄目よ）

離れようと腕に力を込めるも、身体中の力が抜けてうまくできない。

そうこうしている間に、今宵の宿屋に到着してしまった。

「残念。宿屋に着いたようだ」

名残惜しげに唇を舐められ、ようやく彼の口づけから解放された。

支えを失った身体が、くたりとジョエルへもたれかかってしまった。

「ご、ごめんなさい」

「いいよ、そのまま寄りかかっていて」

そう呟くと、ジョエルはセシリィを横抱きにしたまま馬車を降りてしまった。

ジョエルを見るなり、飛び出してきた宿屋の支配人が部屋へ案内するために先導に立った。

「ジョエ……ル、様。下ろして」

まさか抱いて運ばれるなんて思ってもいなかっただけに、周囲の視線がいたたまれない。

小声で訴えれば、「駄目」と優しい声で拒否された。

侯爵が泊まる宿屋ということもあり、内装も格式高い雰囲気を醸し出している。

客層は富裕層が多く、服装もみな煌びやかだった。王都への中継地ということもあり、いでたちもさまざまだ。

案内された部屋は、豪奢なものだった。

広々とした室内を、大きな窓から射し込む柔らかい日差しが明るく照らしている。家具一つとっても、丁寧な装飾が施され、質のよさを感じさせた。

部屋に入ると、ジョエルはまっすぐ寝室へと向かった。

天蓋（てんがい）から吊される幾重もの薄いレースに守られ鎮座するベッドに、そっと下ろされる。慎重な仕草に、まるで自分が彼の宝物になったような錯覚すら覚えた。

「怖い？」

彼が何をしようとしているのか、青藍（せいらん）色の瞳が宿す熱っぽさが雄弁に語っていた。

「ジョ、ジョエル様っ⁉　わ、私たちは、まだ清い関係でなければいけなくてっ」

「でも、君が俺のものになるんだという実感がほんの少しだけでいいから欲しい」

「す、少しっ？」

それは、どれくらいなのだろう。

先ほどした口づけでは駄目なのだろうか。

「駄目？」

焦るセシリィの瞳をゆったりとした仕草でのぞき込む魅惑の美貌に、こくりと息を呑んだ。

「セシリィは俺が嫌い？」

問いかけに、セシリィが力いっぱい首を横に振った。

それを見て、ジョエルが口元に笑みを浮かべる。

「だよね」

――なんて綺麗なの。

早鐘を打つ心臓が痛い。

どうしよう、このままではジョエルの色香に流されてしまう。

「なら、もう一度口づけてもいい？」

ジョエルの指に唇を撫でられる。

まだすべてを許すのは怖い。けれど、ジョエルとした口づけは素敵だった。

(少しだけと言っていたし)

小さく頷けば、唇に柔らかい感触が落ちてきた。

二度、三度と触れると、四度目は少し長く。

「も、もういい……？」

「まだ、もうちょっと」

目を閉じたまま、ジョエルが囁く。

また唇を塞がれると、ぬるりとしたものが口腔に侵入してきた。

「ん……っ」

入ってきた舌先がセシリィの舌を撫でる。それだけで、腰骨から背中へとじんと痺れるような刺激が走った。

「ふ……ぅ」

慣れない行為に身体が緊張している。きゅっと彼の服の袖を摑むと、大丈夫と言うように、ジョエルに髪を撫でられた。

「可愛い」

蕩けてしまいそうな甘い声音が胸をきゅっと締めつける。

頰や額、鼻先、耳にも口づけられ、耳元で聞こえるリップ音に身体がぞくぞくした。

「は……ぁ、んっ」

思わず身を捩れば、逃がさないとばかりにジョエルにのしかかられた。衣服越しに伝わる体温に、また鼓動が速くなる。

「セシリィ、可愛い」

口づけることも今日が初めてなら、こんなふうに異性と身体を密着させるのも初めてなのだ。

彼の手がゆっくりと身体を弄ってくる。

「ジョエル様、も……ぅ」

これ以上は心臓がもたない。

そう言いたいのに、熱っぽい青藍色の瞳に魅入られて言葉が出てこない。

「まだだよ」

「で、でも……一度だけだと」

顔を逸らせば、追いかけてきた唇が顎にまで口づけてきた。

「もう一度と言ったんだ、これは許してくれるんだろう？」

ジョエルの言い分は、まるで言葉遊びをしているみたいだ。

「セシリィ、口を開けて。まだ全然足りない。それとも、今すぐ俺のすべてを受け入れてくれる？」

そう言うと、ぐっと下腹部に熱いものを押しつけられた。

「あ……っ」

初めて感じる欲望の象徴に、顔が熱くなる。

「これを君の中に埋めて、君を内側まで味わいたい。セシリィはどこにこれが入るか知っている？」

「そ、それは」

閨の話を持ち出され、耳の先まで熱くなるのがわかる。夫婦となった暁には、どんなふうに子を成す営みをするのかくらい知っていた。

真っ赤になるセシリィを見て、ジョエルが猫のように目を細めた。

「教えて、セシリィ」

「あ……、何をなさって」

ジョエルの手が太ももに触れた。片足を持ち上げられると、脚の間にジョエルの身体が割り込んでくる。スカートがめくれ上がり、足があらわになった。

「俺はどこまで触れていい？」

「ど、どこまで……なんて」

もう今の時点でいっぱいいっぱいだ。

「触っちゃ……駄目」

「ここも？」

「あぁっ……！」

靴下越しにジョエルの唇が足先に触れた。形のいい唇の中に指が消えていく。ぬるりとした熱い感触に、身体に力がこもった。

「そんな、汚い……っ、何をして」

「口づけてるんだ。セシリィの指は、しゃぶるのにちょうどいい」

目の前で濡れそぼっていく足指をセシリィは「あ、あ……」と小さな声を上げながら、信じられない思いで見ていた。

「やめて……、それ駄目」

「セシリィ、美味しい。君にあげたキャンディを思い出す」

「そんなわけ、あ……あぁっ」

見せつけるように、ジョエルが親指に舌を這わせた。ちろちろと動く舌先の動きが、いちいち腰に来る。

「ふ……ぅん、ん」

「指を舐められて感じてる？　セシリィはこれが好きなのか。いやらしいな」

「ちが……んンっ」

両腕を使ってベッドの上をずり上がるも、すぐに引き戻された。

「や、見ない、でっ」

ベッドと身体の間に巻き込まれたスカートが一層めくれ上がれば、下腹部がジョエルの前にあらわになった。咄嗟に両手でスカートをたぐり寄せて隠す。

「いいよ、セシリィが嫌なら見ない」

わかってくれたことにほっと胸を撫で下ろしたのも束の間。ジョエルの唇が足を滑り上がってきた。

「何してっ」

「見ないから、セシリィがどこにならキスしていいか教えてくれないか？」

「な……っ⁉」

とんでもない要求に泣きそうになった。どうしていいかわからないでいる間も、ジョエルの唇は、ふくらはぎから膝の裏をなぞり、内股へと滑っていく。

「ふふ、柔らかい」

「あっ……、そんなところで喋（しゃべ）ら、ない……で」

息が肌に当たるたびに、ぞくぞくする。

「そんなところって？　言ってくれないとわからないよ」

目を閉じたままジョエルが含み笑う。布を持つ手に当たると、鼻先で突いて確かめる仕草までした。

「これは手かな？」

わざとらしい口調に、「き、今日は、おしまいですっ」と拒んだ。

するとと、伸びてきた舌に指を舐められた。

「ひゃあっ」

指の間を丹念に舐め上げられ、指の付け根を舌先で弄られる。徐々に彼の唾液で濡れそぼっていけば、服を摑む手に力が入らなくなってきた。ジョエルがスカートを押し上げるから、どんどん秘部を隠す手が心許なくなっていく。指を一本ずつ舐められ、時折指の間から下着越しに秘部をも触れられた。

「……ぁっ」

そのたびに、ぞくぞくとしたものが腰骨を疼かせる。

こんな感覚、知らない。

心では初めての刺激が怖いのに、身体はそれを期待している。

「おしまいにするんじゃなかったの？　もっと強く叱ってくれないと終われない」

「ジョエル、さまっ。……あっ」

「セシリィ、濡れてきてるのは何？」

鼻先で秘部を突かれる。

指を一本ずつ舐められ、服から引き剝がされていく。完全に手を離したところで、内股に彼の両手があてがわれた。

「あ……っ」

ゆっくりと押し開かれていくさまを、セシリィはただ見つめることしかできない。

「い、あ……。駄目」

「駄目なのに、どうして濡れるの？　セシリィ、教えて」

なんていじわるな質問なのだろう。

泣きそうになりながら、秘部に顔を寄せるジョエルを見た。

「舐めると……溢れてくる」

「やぁ、あっ」

生温かい感触に、腰が揺れた。すると、両腕に足を抱えられ、逃げられないよう固定される。

「ジョエルさま、それ、それ……だめっ」

「それ、じゃわからないよ。ちゃんと言葉で教えて。どこが駄目？」

そう言いながらも、舌での愛撫(あいぶ)は止まらない。布越しでの刺激は生温く、もどかしさを倍増させた。

けれど、そんなこと恥ずかしくて言えるはずがない。

逃げたくても、摑まれた身体は下にも上にも行けない。セシリィは組み敷かれながら、少しでも快感から逃れようと必死に腰を揺らめかせていた。

「そんなに嬉しい？　ここがひくひくしてる」

「ひぁっ……、ジョエル様、何して──あぁっ」

舌先がぬれそぼつ場所に押し当てられた。様子をうかがうように何度も同じ場所を押され、そのたびに蜜穴がひくついた。すると、中から蜜がとろりと零れ出てきてしまう。

（あぁ……どうし、て）

止めなければいけないのに、身体が言うことを聞かない。

「邪魔だな、剝いでもいい？」

「いけま、せんっ。ジョエル様、それだけは」

脱がされてしまえば、セシリィが今どんな状態なのかが知られてしまう。

咄嗟にジョエルの頭を押しやるも、彼の手を止めることはできなかった。

「や、あぁ……、見ない、でっ」

蜜でぬれそぼつ秘部を見られたくなくて、両手でその部分を覆い隠した。

「く……ちづけ、だけだ、って」

これはその範疇を超えているのではないのか。

必死の抵抗にも、ジョエルは「だから、唇でしか愛してないよ」としゃあしゃあと嘯いてくる。

「いい眺め」

舌なめずりでもしそうな声音でそう言うと、指ごと舐められる。どんどん唾液で濡れていけば、指が滑るようになった。

「ほら、もっとしっかり隠さないと終われないよ」

「……ぁ、あっ！」

時々、直に媚肉を舐められるから、声が弾んでしまう。

求婚されたばかりで、身体を許してもいいのだろうか。結婚するまでは純潔であるべきではないのか。

貴族同士の結婚は家同士の繋がりが第一で、当人たちの気持ちは二の次だ。アドルフとの婚約はそうだった。けれど、ジョエルはセシリィのことが好きだと言った。

結婚とは、夫婦となり、子を成し家族となること。頭では理解していることが、我が身に差し迫った途端、どうしていいかわからなくなった。

「ジョエルさ、ま……ゆび、が外れ、ちゃうから」

あぁ、考えがまとまらない。

もう許して。

そう訴えようにも、息が上がって言葉がうまく紡げない。

「俺がちゃんと直してあげる。ほら、ここに引っかければいいよ」

「え……？　やぁ、あ、んッ！」

セシリィの手を取ると、指の一本を蜜穴へとあてがった。そのままゆっくりと中へと埋め込まれてしまう。

「何、して……こんなのっ」

「おしまいにしたいんだろ？」

徐々に目的がすげ替えられつつあるのは気のせいだろうか。指を咥え込んだ場所を見るジョエルの目が恍惚としていた。

「あぁ、すごいな。セシリィの小さな場所に細い指が入って……。ね、動かしていい？」

駄目に決まっている。

「お願い、ぬ、きたい……」

「ゆっくりと抜き差ししてあげる。大丈夫、怖くない。セシリィの指だよ」

誰の指だから平気だという問題ではないはず。

でも、ジョエルに言われると、そんな気になってしまう。

ジョエルの大きな手で包み込まれると、指が蜜穴の中を動き始めた。異物感がすごい。

「ン……ん、んっ」

本当にこんなものが気持ちいいのだろうか。

「セシリィ、こっちに気をやって」

そう言うと、ジョエルが入り口の縁を舐め始めた。ぬるぬるとした感触に身体の強ばりが解けていく。

「上手、セシリィ。もう一本、入れてみよう」

まだ承諾もしていないうちに、ジョエルが中指まで挿入させた。

「ふ……ん、ぁ……あっ」

「中で動かせる？」

できないと涙目で顔を横に振れば、「じゃあ、やってあげる」とジョエルが嬉々としながら手を動かし始めた。

じゅぶ、じゅぶ……と卑猥(ひわい)な水音が部屋に響く。そこにセシリィの吐息と嬌声(きょうせい)が混じっていった。

「ジョエルさま、なんか……へんっ」

「大丈夫。そのまま身を任せて。気持ちよくなろう」

「で……も、や……ぁ、あっ」

ジョエルの息遣いも荒くなっている。くぐもった声と息が秘部をくすぐるから、中をこする指が止まらなかった。

(な……ん、で)

嫌だと言っているのに、勝手に手が動いてしまっている。指が気持ちいい場所を探して蠢く。こんなこと生まれて一度も経験したことないのに。

まるで、こうすることを知っていたかのように身体が快感を貪るのだ。

じわり、じわりと熱が意志を持ち始めている。

ジョエルは相変わらず唇だけの愛撫しかくれない。

(おしまい、だって)

今日は、これ以上はしないと言わないと。

身体の中で渦巻く肉欲に、きゅうっと子を孕む場所が疼いた。

「どこが気持ちいい？　どうしたい？」

言って、とねだられ、首を横に振って抗うも、本音は言って楽になりたかった。

理性と欲望がせめぎ合っている。

「俺に何してほしい？」

そんなの決まっている。

赤い舌が媚肉の割れ目をべろりと舐め上げる。その奥に潜む花芯に触れられた瞬間、自分が何を求めていたのかを自覚した。

「そ……れ」

挿入していた指を抜き取り、触れてほしい場所を押し開いて見せた。

自分の蜜で濡れそぼった指で花芯を弄る。けれど、ジョエルがくれたような刺激は得られなかった。

「も……やだ。ジョ……エル、さま」

うまくできないことに泣きべそをかくと、獰猛な光を青藍色の瞳に灯したジョエルが花芯にむしゃぶりついてきた。

「あぁっ！」

さっきまでセシリィの指が入っていた場所に、今度はジョエルの指が潜り込んでくる。自分のものとは違う太くて長いそれは、セシリィでは届かなかった場所まで撫でてくれた。

「は……ぁ、あぁ……っ」

なんて素敵なんだろう。

「い、い……、もっと……舐め、て」

そして、早くこの快感を解き放させて。

指が内壁の一点をかすめると、一層快感が鋭くなった。

せり上がってくる悦楽に鼓動が高鳴る。あと少しで、このもどかしさから解放される。

「あ……ぁあ、ん、……ぁあ！　だめ……だめっ」

何かが来る。

身体中の熱がジョエルのくれる快感に集まっている。

セシリィの知らないそれは、一度味わってしまったら二度と戻れなくなる気がした。

「大丈夫、そのままイって」

「やぁ、あぁ――っ」

ジョエルが花芯を強く吸い上げた直後、身体を突き抜けた強烈な絶頂感にセシリィは意識を手放してしまった。

くたりと気をやったセシリィに気づき、ジョエルはゆっくりと身体を起こした。
口元を濡らす蜜を手の甲で拭い、そっと彼女の顔をのぞき込む。
「はぁ……可愛い」

汗と涙で張りついた茶色の髪を手で梳いてやれば、愛らしい顔があらわになった。

清純で清廉なセシリィ。

聖女を穢すとこんな気持ちになるのだろうか。

彼女の柔らかな肌に触れた瞬間から、セシリィを乱れさせてみたくてたまらなくなった。

駄目だとむせび泣きながらも快感に悶え翻弄される姿が、ジョエルの征服欲を駆り立てた。

自分の中に、これほど獰猛な欲望が潜んでいたなんて。

何も知らない彼女に肉欲の快楽を覚えさせる行為は、思いがけないほどぞくぞくした。

きゅうっと指に吸いつく蜜穴の窮屈さと、感じる体内の熱さに血が沸き立つ。

（あぁ、これがセシリィの中）

本来、背徳感と興奮は背中合わせなのかもしれない。

（俺のセシリィ）

どうして、こんなにも彼女に焦がれるようになったのだろう。

ジョエルはほうっと息を吐き出しながら彼女に馬乗りになると、トラウザーズの前を寛げた。さっきから衣服を押し上げ窮屈さを訴えていた欲望が、弾けるように飛び出してくる。

血管が浮き出たそれは、すでに先端から透明な汁を滴らせていた。それに、くたりとした彼女の手を取りあてがった。

「ん……っ」

それだけでも、背骨を震わせる快感だった。

セシリィの手の上に自分の手を添えいきり立つものを握りしめると、ゆっくりと動かし始める。

あぁ、気持ちいい。

子どもたちの世話に追われ、少しかさついた皮膚の感触がまたいい。

すぐにぐちゅ……、と手に先走りが絡む音がした。

この程度の愛撫でも我慢できないでいるのか。

どれだけ自分が彼女を欲しているか、彼女のすべてを手に入れたいと願っているのかがわかる。

あのドレスの下に隠されている乳房は、どれくらい柔らかくて、どんな味がするのだろう。

公爵令嬢でありながら、贅沢とは無縁の生活を送ってきたせいか痩(や)せてはいるものの、栄養をすべて吸い取ったかのようにたわわに育った乳房は男の欲望をかき立ててくる。

マリオがちらちらとこれに意識をやっていたのを思い出すだけで、腸(はらわた)が煮えくり返る。子どもたちが幸せそうにセシリィの胸元に顔をすり寄せているのを見て、どれだけ羨(うらや)ましかったことか。

（あれは俺のものなのに）

年甲斐（としがい）もなく、子どもたちに嫉妬（しっと）していたなんて知ったら、彼女はなんと言うだろう。

今夜、これに一度も触れずにいられた自分は、聖人かもしれない。だが、それはこんなところで味わうにはもったいないと思ったからで、本音は今すぐにでもあれに顔を挟まれ、窒息してみたい。

あぁ、想像するだけで興奮ではち切れそうだ。

「次やろう」

セシリィの存在は、記憶を取り戻す前から認識していた。彼女が商団を避けているのをうすうす感じていたこともあり、ジョエルも積極的に関わり合いになろうとは思わなかった。

まさか、その理由が自分にあるとは思わなかったが。

サリーからセシリィがあの教会で誰かを待ち続けているという話を聞いたときも、興味は抱いたものの、行動を起こすまでにはいたらなかった。

あの一音外れたピアノがジョエルを動かしたのだ。

王宮でくり返し聴かされたセシリィが弾く旋律。

充実した時間を過ごしながらも、うっすらと頭をかすませていた靄（もや）が一瞬で払われたような爽快感に啞然（あぜん）となった。

足りなかったピースがまたたく間に揃っていく。

記憶が戻ると同時に、自分には第一王子としての価値しか見出されていなかったことも気づかされた。

そこにどんな政治的な因果があったとしても、アドルフという一存在を蔑ろにされた事実は覆らない。

自分は国に切り捨てられたのだ。

この瞬間、ヴァロア侯爵もジョエルがアドルフであることに早くから気がついていたという推測も立った。そして、国が第二王子を王太子に立てようとしている情報も摑んでいたのだろう。

だからこそ、彼はジョエルを後継に望んだに違いない。

自分が何者で、どういう生い立ちで、なぜこうなってしまったのかという空白の記憶が戻れば、子どもたちに囲まれピアノを弾いている人が自分の許嫁だということもすぐに理解できた。

そして、彼女が誰を待ち続けているのかも。

セシリィの待ち人が自分だったと知ったとき、胸の内に広がったのは、たとえようがないくらいの歓喜だった。

なぜなら、彼女は公爵令嬢という人生を捨ててまで、アドルフの生還だけを信じて生きていたからだ。

セシリィだけが、打算のない想いでアドルフの身を案じ、ひたすら待ち続けてくれていた。

彼女に興味を抱いた、なんて軽々しい感情なんかでは足りない。

もっと今のセシリィを知りたい。

誰かにこんなにも強く惹かれたのは、初めてだった。

セシリィは、十年前の面影を残しながらも、青色の目は未来を諦めたようなまなざしになっていた。

あの水難事故がなければ、彼女は王太子妃として華やかな人生を歩んでいただろう。

だが、今ほどアドルフが彼女の思考や生き方を支配してもいなかったはず。そして、自分も彼女に強烈な想いを抱いてはいなかった。

「は……っ、はぁ……！」

二人の手の中で、欲望が限りなく限界に近づいている。

手の動きに連動して、先走りがセシリィのドレスを汚していく。

早くこれを彼女の中にも注ぎ込みたい。

アドルフであることを打ち明けたのは、彼女がジョエルに抱いていた警戒心を払うためだ。

そうすることで、自分は一足飛びにセシリィの領域に入ることができる。なぜなら、彼女の心に住んでいるのは、アドルフだけだからだ。

「……愛してるっ」

囁きと共に、白濁の飛沫が勢いよく飛び出た。

それが彼女の唇や髪にまでかかった姿は卑猥でありながらも、これでもかとジョエルの情欲をかき立ててくる。

思わず、自分のもので汚れた唇にむしゃぶりつき、湿り気を帯びた頬を舐めた。そのまま首筋まで舌を這わせれば、「……ん」とセシリィがわずかに声を上げた。

あぁ、こんなことにすら胸が高鳴ってしまう。

まだいきり立ったままの欲望を手に取り、汗ばんだ肌の味を味わいながら扱き上げた。

指一本ですら怖いと泣いたセシリィの中に、必ず欲望の象徴を埋め込んでみせる。

そのとき、セシリィはどんな顔を見せてくれるのだろう。

誰もがアドルフの生存を諦め、次なる時代へ舵を切り始めた中で、彼女だけがアドルフの帰りを待ち続けていた。かたくなに生還を信じていた理由が知りたい。

「戻ってきたよ」

だから、もうアドルフのことなんて忘れていいんだ。

馬車の窓の外には、記憶の中にある王都そのままの風景が広がっていた。

（あぁ、王都だわ）

セシリィたちを乗せた馬車が、市場の真ん中を通る道を走っていく。道の両脇にひしめく屋台には、大勢の人が集まり活気に溢れていた。

昔のままの光景を食い入るように見つめていると、「十年ぶりの王都はどう？」とジョエルが言った。

「懐かしいわ」

「したいことはある？　なんでも言っていいよ」

なんでもと言われても、すぐには思い浮かばない。

「ジョエル様はないの？」

「そうだな。美味しいお菓子のお店にも連れていってあげたいし、植物園のバラは今見頃になっているよ。アクセサリーやドレスも見に行こう。最近できた香水店も人気だよ。あとは……」

「ま、待って」

ジョエルが挙げていくセシリィと一緒にやりたいことを、慌てて止めた。

「――あなたと一緒に？」

「他に誰がいるのかな？」

「え……、でも」

セシリィは言葉に詰まってしまった。

今日もジョエルはアドルフの姿をしている。

これからも、その姿で過ごすのだろうか。

もし、アドルフを知る者が彼を見たらどう思うだろう。

「無理に出かける必要はないと思うの。お父様たちに会えるまで屋敷でゆっくり過ごしましょう」

そう告げると、向かいに座るジョエルが困ったように小さく笑う。

「この姿の俺と出かけるのは気が引ける？」

言い当てられ、どきりとした。

「あ、の……」

うろたえると、「当たり？」とジョエルが苦笑する。

「セシリィが言わんとしていることはわからないでもないよ。俺をアドルフと勘違いする者が現れてもおかしくないだろうね」

うんうんと頷きながら訳知り顔で言うジョエルは、まったく意に介していないように見えた。

勘違いでもなんでもなく、ジョエルはアドルフだ。

「そういうあなたは困らないの？」

誰よりも正体がばれて困るのはジョエルだというのに、彼はこちらが不安になるほど平静だった。おずおずと問いかけると、ジョエルが肩をすくめた。

「アドルフは過去の人間だ。長い闘病の末、死んだんだよ」

「それは、王家の出したっ」

「セシリィ、どんな理由であれ、死んだ人間は蘇ってはいけないものなんだ」

「……っ」

ジョエルが告げる事実が痛い。国がアドルフの死を受け入れた理由を、セシリィも理解しているつもりだ。

ただし、それは表面上での話だ。

アドルフがジョエルと名を変え、キエラ国の侯爵となってセシリィの前に現れたのも、また事実だ。

「でも、アドルフ様は生きているわっ」

気がつけば、言い返していた。

ジョエルは一瞬驚いたような顔をし、それから悲しそうに眉を下げた。

「そんなにアドルフが恋しい？　目の前に俺がいても？」

「わ、私は、別にジョエル様を否定しているわけではなくてっ、その……ごめんなさい」

拗ねた口調におろおろすれば、ジョエルがくすりと笑った。

「知ってる。セシリィの中では、まだまだ俺はアドルフなんだよね。昨日の今日で気持ちの切り替えは難しいだろうけど、こればかりは慣れてもらわないと」

「……」

この場にふさわしい適切な言葉が見つからなくて、セシリィは押し黙った。

「大丈夫、セシリィならできるよ」

本当にそうなのだろうか。けれど、昔からアドルフは間違ったことを言わなかった。だから、今も彼が断言するなら、できるのだろう。

(困ったわ)

アドルフがジョエルであることを受け止めるためには、何から始めたらいいのか。

気持ちの切り替え方なんて知らない。

ユリシーズはなぜ、あんなにもあっさりと事実を受け入れることができたのだろう。

(聞いておけばよかった)

人差し指を反対の手で握ったり離したりしながら、途方に暮れた。

「早く俺を好きになってほしいな。そのためには、俺をどんどん知っていって。セシリィとしたいことがたくさんあるんだ」

「それは、今の私とではできないことなの?」

「俺の見ている景色をセシリィにも見てほしいってこと。好きな人と一緒の方がもっと世界が輝いて見えるだろう」

訳知り顔で言われても、恋を知らないセシリィには想像することしかできない。

けれど、恋のなんたるかを語れるなら、ジョエルには経験があるのだろう。

彼は、ジョエルとして過ごした時間に喜びを感じていた。

(本当に楽しそうに話していたもの)

航海で体験したことを話していた姿は、子どもみたいだった。

(私のやりたいことってなんなのかしら?)

思い返せば、セシリィはこの十年、アドルフの生還という願いしか抱いてこなかった。

不遇な運命に陥りながらも、人生を謳歌していたジョエルと、不自由のない暮らしの中で心を閉ざして時を過ごしてきた自分と、どちらが幸せだったのだろう。

「セシリィの今の願いは何？　アドルフが戻ってくることは叶ったじゃないか。だから、次の願いだよ」

そんな難しいことを聞かないでほしい。

（私の願いは本当に叶ったの？　だって、戻ってきたのはアドルフ様ではなくて）

けれど、そんなことを言えるわけがなかった。

「……わかりません」

か細い声で、それでもはっきりと告げると、ジョエルがやるせなさそうに笑う。

「そっか。セシリィの優しさは、痛いね」

「ジョエル様？」

意図の摑めない言葉に不安になれば、「こっちの話」とジョエルが首を横に振った。

「さて、でもそういうことなら、やっぱり外に出よう」

「え？」

いったい何が「そういうこと」なのか、ジョエルは御者に馬車を停めるよう合図を送った。

「ジョエル様、いかがなさいましたか？」

「ここから歩くよ。君は先に戻って」

「かしこまりました」

扉を開けた御者が足置きを準備した。

先に降りたジョエルが、手を差し伸べてくる。

「おいで」

「どこへ行くの？」

「どこでも。気の向くまま歩けばいいよ！」

そう言うなり、ジョエルがセシリィの手を掴んで引っ張った。

「きゃっ」

半ば強引に外へと連れ出され手を繋ぎ直されると、ジョエルが揚々と歩き出す。日差しに、ジョエルの明るい金色の髪がきらきらと輝いていた。

「いい天気だ。そう思わない？」

「ジョエル様、せめて帽子を被った方がっ」

「必要ないよ。ほら、セシリィ。市場に行ってみよう」

「わっ、待って！」

ジョエルに手を引かれてやって来た市場には、セシリィが忘れていた活気があった。

「すごい。人がこんなにたくさん……」

「市場だからね。俺たち馴染みの商会も軒を連ねているよ。たとえば、あの店」

ジョエルが指さしたのは、香辛料を扱う店だ。塩を主としているが、アネルデン王国では出回らないようなハーブも取引しているという。

「それから、あの店。市民でも手に入れやすい安価で質のいい布が売りだ。俺が現地で仕入れた布もあるんだ」

ジョエルが挙げる店は、どこも繁盛している。そのせいか、ジョエルも誇らしげだった。

市場に並ぶ商品は目新しい物も多く、つい目が行ってしまう。そのたびに、ジョエルは足を止め、商品の使い方や食材の料理法などを教えてくれた。異国の帽子を試着してポーズを決めるジョエルは舞台俳優のように様になっていて、それを見た通行人が「自分も」と同じ物を買っていき、店主にお礼を言われていた。違う店では弦楽器の試し弾きで見事な演奏をし、集まってきた客をおおいに沸かせたりもした。それを見ていた青果店主が珍しい果物の試食をさせてくれた。

血の色をした竜の鱗状の硬い皮に覆われた南国の果物は、驚くほど濃縮された甘みがあったし、砂漠の国からの輸入品だというちょっと怪しい店で見つけた金色のランプは、ジョエルの髪みたいに美しかった。

「こすると閉じ込められた妖精が出てくるかも」

「それは魔法のランプでは？」

童話の物語になぞらえてひやかしてきたジョエルを睨めつけるも怯まない。

「嘘だと思うならこすってみたら？」

まさか本物だと言うのか。

そういえば、得意なのは目利きだと言っていたのを思い出すと、途端に怪しいランプが魔法のランプに見えてきた。

他の商品を見始めたジョエルの目を盗んでこっそり表面をこすってみる。が、案の定煙すら出てこない。手が少し汚れただけだった。

（ほら、やっぱり嘘じゃない）

納得してランプを元の場所に置くと、ジョエルが肩を揺らして笑いをこらえていた。

「な……っ、見てたの!?」

「あんな可愛いことされたら、見るでしょう。あぁ、腹筋が痛い……っ」

「し、信じられないっ」

見れば、店主も後ろを向いて肩を震わせていた。

「可愛かったから、これは記念に買っていこう。一緒にこのバングルももらうよ」

そう言って、ジョエルが金細工のバングルとランプを店主へと手渡した。

商品が入った袋からバングルを取り出すと、セシリィの手に通す。

「うん、よく似合う」

ご満悦な表情になっているのはジョエルだけで、からかわれたセシリィは仏頂面だった。

「そんな顔しないで。セシリィのおかげでいい買い物ができたよ。このバングル、掘り出し物だよ」

「またそんな嘘を。騙されませんから」

「これは本当。店主がランプ同様がらくた同然と思ってたから、あの値段で買えたんだ」

「やっぱりがらくただったのね」

目を剝けば、「ごめん」とジョエルが笑った。

「セシリィがうまく気を逸らせてくれたのもよかったんだよ。本来だったら、もっとふっかけられてたはずなんだ。何せ俺たちは今、貴族なんだから」

訳知り顔のジョエルが、ジャケットの襟をつまんで見せた。

「え？　あ……」

そう言われて、セシリィも自分の格好を見下ろした。

セシリィの装いは、昨日までの簡素な装いとは違い、ジョエルが用意してくれた貴族令嬢らしいものだ。今日の空みたいな綺麗な青色のドレスには華美にならない程度のフリルがあしらわれている。かくいうジョエルも、濃紺のスーツ姿だった。

「商売人は金を持ってる奴らからは、たんまりともらう。それをあんなにもあっさりと買えたのは、セシリィの可愛さに毒気を抜かれたからだろうね」

「まさか、わざと？」

「さぁ、どうかな」

ひょいと肩をすくめると、ジョエルが「行こう」とセシリィの手を引いた。

（こんなふうに生きてきたのね）

この時間だけでも、堅苦しい王族という枠組みから外れ、自由を手にしたジョエルがどれほど行商として充実した人生を歩んできたかが伝わってくる。

頭であれこれと考えるより、実際に体験したことの方が、よほどすんなりと受け入れることができた。

それは、教会で暮らしていたときには得られないことだった。

側(そば)で見ている方もつられて嬉しくなるほど、彼は今を楽しんでいる。

すっかり市場の人気者となったジョエルの横顔を眺めた。

見た目はアドルフなのに、セシリィの知る彼とは雰囲気がまるで違う。けれど、あの頃の彼は、今ほど明るい表情をしていただろうか。

（よく思い出せないわ）

セシリィが待っていたのはアドルフなのに、王子としての姿しか記憶にないことに言いようのない後ろめたさがあった。

自分は、アドルフの何を見てきたのだろう。

浮かんだ疑問に気を取られていると、ジョエルに手を握られた。

「楽しい？」

自分のせいでアドルフは海へと消えたのだから、人生を楽しむなんてしてはいけないことだと思っていた。咎人の自分に許されるのは、彼の生還を信じ祈り続けることと、贖罪を続けることだけ。

だが、アドルフは戻ってきた。

ならば、セシリィの罪はどうなるのだろう。

戸惑いながらも頷くセシリィを見て、ジョエルが目を細めた。

「お腹空かないか？　あっちに馴染みのパン屋があるんだ」

「あ、待って。そんなに引っ張らなくてもっ」

「待ちきれないいんだ！」

そう言って、ジョエルが案内してくれたのは、大通り沿いにあるパン屋だった。

店に入ると、パンが焼ける香ばしい香りが広がった。

（いい香り）

教会でもよくパンを焼いていた。懐かしい香りにほっとしていると、「いらっしゃい」と厳つい体躯をした男が現れた。突然入ってきた貴族に茫然としていたが、それがジョエルであることに気づくと、腰を抜かすほど驚いていた。

「誰かと思ったら、ジョエルじゃねーか！」

「ギイ、久しぶり。元気にしてたか？」

「あったりまえよ！　そんなことよりお前、その格好はなんだよっ。とうとうあのお貴族様に丸め込まれちまったか？　俺は生涯自由に生きるんだと豪語してたくせに根性ねぇなあ！」

ジョエルの頭を脇に抱える男に、遠慮はない。

（苦しくないのかしら？）

やや乱暴な再会の抱擁に驚いていると、「この店の店主で、サリー商団の仲間だった男だ。名前はギイ」とジョエルが苦笑いをしながら言った。

「お？　お嬢さんは確か、教会にいた」

「ルモントン公爵息女セシリィ・ルモントンと申します」

スカートの端を持ち、丁寧に一礼をすると、ギイが慌てた様子でジョエルを離した。

「これは、失礼致しました。ギイと申します」

胸に手をあて、うやうやしく一礼する姿は堂に入っている。ただの庶民ではないのだろうか。不思議に思っていると、ジョエルがセシリィの腰に手を回して言った。

「ギイは昔、アマロネ領の騎士団に所属していたんだ」

元騎士団隊員やら、記憶をなくした第一王子やら、サリー商団はとんでもない者たちが集まっていたのか。

そんな彼らをまとめ上げていたサリーとは何者だったのだろう。

顔を上げたギイがまじまじとセシリィを見つめた。

「それで、二人はどんな関係なんだ？　ルモントン公爵令嬢って言えば、誰もその顔を見たことがないと言われているほどの深層の令嬢じゃねぇか。まさか、教会にいたお嬢さんがその令嬢だったとはなぁ。ジョエル、お前はどうしてそう難攻不落な女ばかり好きになるんだ。シーラで懲（こ）りたはず――って、痛ぇな！」

ギイの脇腹にジョエルが無言で拳をめり込ませた。

（今、殴ったわよね？）

アドルフらしくない乱暴さに目を見張った。

「セシリィ、気にしなくていいから」

気にしなくていいと言われても、衝撃的すぎて言葉が出てこない。啞然とするセシリィの前では、ギイが「痛い痛い」と言っているが、ジョエルはまったく意に介していない。

そんなギイも、騒ぐわりにジョエルを見てにやにやとしている。

もしかして、騒ぐほど痛みはないのかもしれない。

話に出てきたシーラとは、おそらくジョエルの恋人だったのだろう。

（だから、彼は恋を知っているんだわ）

ジョエルの人好きする陽気さは、不思議な魅力を持つ。そんな彼と、恋をしてみたいと思う人が過去にいてもおかしくない。

わかっていると頷けば、ジョエルが微妙な顔つきになった。

「その顔はちょっとわかってないかな。誰ともつき合ってこなかったとは言わないけれど、終わったことだから」

「大丈夫よ、気にしてないわ」

平気だと伝えたのに、ジョエルは愕然とした顔になった。

「いや、そこは気にして？　今、すごく大事なことを言ったよ」

「そ、そうなの？　ごめんなさい、どれのことかしら」

うろたえると、やりとりを見ていたギイが「前途多難だな」とまた笑った。

「まぁ、頑張れ。それで、パンだろう？　なんでも持っていけ。今日は俺のおごりだ。ついでに、貴族様にも俺の作るパンの素晴らしさをしっかり宣伝しといてくれよなっ」

そう言って、ギイは店内のパンを次々と袋に詰め始めた。

「えっ、あのっ」

めいっぱい詰め込まれたパンの袋を押しつけられあたふたしていると、ジョエルが苦笑しながらそれを引き取ってくれた。

「持つよ。食べきれない分は、屋敷のみんなへのお土産にしようか。絶対に喜ぶよ」

「ありがとう」

「それじゃ、お嬢さんはこっちを持って」

空いた手にはまたギイから紙袋を押しつけられた。今度は片手で持てる大きさだった。

「ラスクだ、歩きながらつまんでくれ」

「ありがとうございます。でも、こんなにたくさんいいのですか？　せめてラスクの分だけでもお代を払わせてください」

申し訳ないと告げれば、ギイがひらひらと手を振った。

「いらない、いらない。セシリィ嬢からお代をもらったもんなら、隣に立つ怖～い顔したあんちゃんから何をされるかわかったもんじゃないっての。俺と俺の店の安全のためにも、これらはもらってくれ。そして、次来たときはがっつり買って、しっかり払ってってくれ！」

気前のいい喋り口調に半ば押される形で、セシリィは大量のパンとラスクをもらった。

「また来てくれよな！」

店の外まで見送りに来てくれたギイに手を振り別れると、セシリィたちはまた歩き出した。

「すごいたくさんいただいちゃったわね。本当によかったのかしら？」

「本人がああ言ってたんだから、よかったんじゃないか？」

心なしか、ジョエルがげんなりしている。

「大丈夫？　たくさん活躍したから、疲れたでしょう？　どこかで休みましょうか」

休憩できる場所を探して、辺りを見渡す。少し先に噴水のある広場が見えた。

「あそこなら……」

そう言って、噴水の方を指さしたときだ。ジョエルにその手を取られた。

「セシリィ、さっきの話、本当はどう思った？」

「はい？」

手を握られたまま、セシリィは目をまたたかせた。

ジョエルの言う「さっき」とはどのことだろう。

「俺が昔、別の人とつき合ってたこと。……婚約者がいるのに、軽薄だって思った？」

（あぁ、なんだ。そんなことか）

問いかけに、セシリィはわずかに視線を下げて、自分の中にある答えを探した。

「いいえ。だってジョエル様は記憶がなかったんだもの。仕方ないわ」

過去の恋を責めるつもりはない。

そう告げると、ジョエルが侘しそうに苦笑した。

「仕方ない、か……。大人だね。その台詞、アドルフでも同じことを言った？」

「言った——と思うわ。必要であれば側妃を娶ることもあるでしょう？　それに、心から愛した人と身分が釣り合わなければ、やむを得ず側妃にするということもあるでしょうし」

王族が民に敬われるのは、国を導く使命を持っているからだ。

それを潰えさせることだけはあってはならないことだと教えられた。

「君の妃教育は順調だったみたいだね。でも、そんな寂しくなるようなことは二度と言わないで。思っても駄目だよ」

繋ぐ手に、ぎゅっと力がこもった。

セシリィの思考にまで関与しようとする強引な口調とは裏腹に、彼の行動からは必死さが伝わってくる。

セシリィは、青藍色の目をまっすぐ見つめた。

「どうして？」

「君を愛しているから。他の誰かは必要ない」

アドルフだった頃は、セシリィを妹みたいだに可愛がってくれた。

だが、ジョエルとなった今、彼はセシリィを愛していると告げる。

親愛が愛慕に変わったきっかけはなんだったのだろう。

「あなたはどうして私を愛していると言うの？」

恋は、セシリィには無縁のものだった。

幼い頃、親が決めた結婚相手は、誰もが憧れる王子様だった。大好きだったけれど、今思えば両親に向けるのと同じ親愛の感情だったように思う。

（どんな気持ちが恋なの？）

それは、ジョエルが愛して止まない自由を捨ててまで手に入れたいものなのだろうか。

セシリィには、まだその価値の尊さがわからない。

「君だけが俺を待っていてくれた」

「そんなことない。みんながあなたの生還を望んでいたわ。本当よ」

セシリィだけではない。両陛下も、ユリシーズも、誰もがあの事故で心に傷を負った。アドルフが戻ってきてくれることだけでしか癒えない傷だ。

「本当にそうなのかな?」

「どういう意味?」

訝しむと、ジョエルがやるせない表情で微笑む。

「食べながら話そうか」

「ジョエル様」

話を先延ばしにしようとするジョエルを呼び止めるも、彼はさっさと歩き出した。

「セシリィは優しいね。そんなんだから、放っておけないんだ。誰かに盗られる前に俺のものにしておかなくちゃ。指を咥えて見ているだけなんて二度とごめんだ」

「な、何を言うのっ。私は、べ、別に優しくなどないわ」

慌てふためくと、「確かに、最初はつれなかったもんな」とひやかされた。

「さ、最初から嫌ってはいませんでした」

「嘘だ。避けてただろ?」

「それはっ!　……あなたがアドルフ様に似すぎていたからよ」

ばつの悪さにむくれると、そんなセシリィを見てジョエルが楽しそうに笑った。

「今も似ていると思う？」

そんなことジョエル自身が一番よくわかっているのではないのか。

見た目は変わらなくても、中身はまるで違う。

セシリィはほっと息を吐いた。

「違っているから、困っているの」

「そっか、困ってるかぁ。なんで？」

続きを促され、戸惑った。

「……どう接していいかわからないんだもの。あなたは私を愛していると言うし」

アドルフを十年間待ち続けたことが愛される理由だなんて言われても、ちっともピンとこない。

なぜなら、それはセシリィにとって当然のことだったからだ。

「なんだ。それならいい解決策がある。もっと俺に聞けばいいよ」

いったい、それのどこがいい解決策なのだろう。

「どういうこと？」

セシリィは、首を傾げてジョエルを見た。先ほどの哀愁漂う雰囲気は消え、慈愛に満ちた笑みを浮かべている。

「セシリィは昔から本を読んで勉強するのが得意だったろう。でも、俺の教本はない。ならば、俺のことを知りたいなら、俺に聞くしかないんだ。なんでも聞いて。たくさん話をしよう」

「ジョエル様を知る――」

ジョエルの提案に、セシリィは目をまたたかせた。

ひとりで解決できないことなら、誰かに教えを乞うてもいいのだ。そんな簡単なことにも気づけなかったほど、セシリィの世界は狭くなっていた。

今のセシリィは、航路を見失った船みたいだ。薄暗い大海の真ん中で、迷い佇んでいる。

だが、遠くで何かがまたたいた気がした。

「セシリィ、おいで」

まるで、光が呼んでいるような呼びかけに、はっとする。

ちょうど、噴水の前に到着したジョエルが、噴水の縁にハンカチを広げていた。

「どうかした?」

きょとんとした様子に、なんでもないと首を振る。

なんだか、うまくはぐらかされたと思うのは、気のせいだろうか。

ジョエルは、本当に誰も自分の生還など願っていなかったと思っているのではないだろうか。

（ルベン様が王太子になられるから？）

それとも、両陛下が彼を大々的に探さなかったからだろうか。

「ありがとう」

セシリィが、促されるままその場所に腰を下ろしかけたとき。

「きゃあっ！」

「セシリィっ⁉」

背後からぶつかってきた子どもに押されて、受け止めようとしたジョエルともども噴水に落ちた。


「それは、災難でございましたね」

辻馬車を使って到着したヴァロア侯爵のお屋敷で待っていたのは、執事のクラークだった。

ジョエルは、彼に濡れて駄目になったパンを袋ごと手渡した。

「馬の餌（えさ）にでもしてくれるか？」

「かしこまりました」

もともと馬車を拾うつもりだったジョエルは、あのあとすぐ流れの御者に三倍の値を払うことで、ずぶ濡れのセシリィたちを馬車に乗せることを了承させた。

馬車から見えた王都にあるヴァロア侯爵のお屋敷は、広大な敷地に佇む白亜の邸宅だった。

エントランスに出迎えに出てきたクラークは、濡れ鼠になったセシリィたちを見るなり、すぐに湯浴みをするよう言った。

「セシリィ、あとでね」

使用人に連れられ、別々の部屋へ行く間際、ジョエルが手を振った。

貴族という立場になっても、気さくな振る舞いを改める気はないのだろう。

ジョエルらしさを受け入れていくこと。

それが、彼を知るということなのだろうか。

（でも、変な感じ）

胸の下辺りにもやもやとした違和感がある。

理解はしても、アドルフをジョエル・ヴァロアとして見ていくことに心が戸惑っている。

『本当にそうなのかな？』

あの言葉には、ジョエルのどんな気持ちが込められていたのだろう。

それも、彼を知っていくことで明らかになっていくのだろうか。

通された部屋は、王宮さながらの豪華さだった。

（すごいわ）

王家の所有物だと言われても納得してしまうほどの室内に、セシリィは唖然となる。

使用人に手伝われて、濡れた身体を温め、丁寧に支度を整えさせられた。

身支度を終えた頃合いを見計らったかのように、ジョエルが部屋にやって来た。彼も湯浴みを終えて着替えをすませてきたのだろう。ほのかにセシリィと同じ香りがした。

「温まった？　びっくりしたよね」

ジョエルはさりげない仕草で、セシリィを二人掛け用のソファへと案内する。

「驚いたけれど、大丈夫よ。ありがとう。噴水に落ちるなんてなかなかできない体験だったから、ちょっと新鮮だったわ」

ジョエルはわずかに目を丸くさせた。

「もしかして、楽しかったってこと？」

「ええ」

それに、全身水浸しになったときのジョエルの呆気にとられた顔は、思い出すだけで口元が緩んでしまう。

（アドルフ様は、あんな呆けたお顔はされなかったもの）

いつも悠然としていて、仕草や話し方、視線の流し方一つにしても優美だった。どんなときでも彼は「王子」としての気品があった。

多分、その姿を知っているからこそ、今のジョエルに違和感を覚えてしまうのだろう。

「あの状況を楽しめるなんて、セシリィってやっぱり肝が据わってるよね」

「そうかしら？」

自分のことをそんなふうに思ったことなんてなかった。

「素敵なお屋敷ね」

照れ隠しに話題を変えると、お見通しだと言わんばかりにジョエルがくすりと笑った。

セシリィが腰を下ろしたタイミングで、クラークが二人分のお茶を運んできた。

ジョエルが隣に腰を下ろし、ゆったりと足を組んだ。

建物を自分好みに改修するのが好きだと言うだけあり、前ヴァロア侯爵テランスは洒落たセンスの持ち主のようだ。白を基調とした瀟洒な外観に対し、屋敷内は落ち着いた風合いの調度品でまとめられていた。

追い立てられるように浴室へ連れていかれたから、ちらりとしか見ていないが開放的な玄関ホールの正面には二階へ昇る二つのアシンメトリーな階段と、天井からつり下がる豪奢なシャンデリアが目を引いた。

窓や花を生けてある花瓶はもちろん、大理石の床にいたるまで一点の曇りもなく磨かれている。

華美すぎず、品のある空間は、家主の趣味のよさを感じさせた。

「滞在中はこの部屋を使って。扉続きになっている隣の部屋は俺の部屋に繋がっている。昨晩の続きをしようね」

「つづ……っ⁉　な、何を言うのっ？」

声を潜めて告げられた話題に顔がみるみる熱くなる。それを見てジョエルが満足そうな顔になった。

「よかった。セシリィがまったく普通だったから、どうしたものかと思っていたんだ。なんだ、ちゃんと意識してくれていたんだね」

「あ、当たり前ですっ。あんなことをして……平然としていられるわけがありませんっ」

昨夜の淫蕩（いんとう）な時間を思い出すだけで、頬が熱くなる。

「あんなことって？」

目を細めたジョエルが、意味深な口ぶりで言った。

この場にはクラークもいるのに、ジョエルはまったく意に介していない。

「……っ、あんなことは、あんなことですっ。人前ですよ、自重してください！」

「気持ちよかった？　可愛くイけたね」

「ジョエル様！」

むきになると、ジョエルが弾けるように笑った。

「そうしていると昔と変わらないね。憂い顔もそそられるけど、俺はころころと表情の変わる君を見るのが好きだったんだ」

「今は、私の表情などどうでもよくて――」

最後まで言えなかったのは、ジョエルの人差し指が唇に押し当てられたからだ。

「大事なことなんだ」

「……っ」

いたずらっぽい仕草と、近づけられた美貌に言葉を失った。

「セシリィ、キスしていい？　やっぱり今すぐ昨日の続きしようか」

「い、いけませんっ。人がいるのに――っ」

「そうでございますよ、坊ちゃま。自制は必要です。こちらは、テランス様からのご伝言でございます」

見かねたクラークが、何食わぬ顔で赤色の封蠟印が押された一枚の封筒をジョエルに差し出した。

「クラーク、これみよがしに二十五の男を坊ちゃま呼びするのはやめてくれ」

「僭越ながら、テランス様のご継子となられた時点で、私どもにとっては坊ちゃまでございます」

当然と言わんばかりの口調には、親愛めいたものを感じる。ジョエルも納得いかないふうではあるものの、纏う雰囲気は柔らかかった。

「ふ……ふふっ」

アドルフ様、殿下、王子。

アドルフへのさまざまな呼称を聞いていたが、坊ちゃまと呼ばれて不満そうな顔をする今が、一番いい顔をしていた。

「ひどいな、セシリィ。笑うことないだろ」

「ご、ごめんなさい。でも……可愛、く……てっ」

違うのだと弁明するも、笑いながらでは説得力なんてあるはずない。

「言っておくけれど、普段は違うよ。坊ちゃま呼びは小言を言われるときだけだ」

睨めつける表情すら可愛く思えたら、ますます笑いが止まらなくなった。

「お、二人は、とて……とても、仲がいいの、ね」

けれど、あまり笑いすぎてはジョエルがますます臍を曲げてしまう。どうにか気持ちを落ち着かせようと深呼吸をした。

「坊ちゃまとは、サリー商団に入った頃より、お見知りしておりました。キエラ国滞在中は、屋敷にも何度もおいでくださいましたし、旦那様や奥様とも良好な関係を築かれておりましたゆえ、私どもも自然と親しくさせていただくようになったのでございます」

「そ、そうだった、の？」

まだ喉の奥がひくひくしている。

貴族社会を嫌っていたわりに、ヴァロア侯爵との親交は深めていたようだ。それだけ馬が合ったということなのだろうか。

そんなセシリィを、ジョエルがうろんげに見てため息をついた。

受け取った手紙を一読し、額を覆って天を仰いだ。

「どうかした？」

「テランス殿から明日、劇場のこけら落としに参加するようにとのお達しだ」

「え？」

「セシリィは覚えてないかな？　大通り沿いにあった劇場だよ。老朽化が進み、三年前から改修作業をしていたんだ。テランス殿は、多額の援助をしたことから招待を受けていたのだが、そのことをすっかり忘れてバカンスに出かけてしまったらしい。爵位も譲ったことだし、アネルデン王国に来たついでに行ってこいと書いてある。まったく、たまたま滞在すること

になったからいいものを、行き違いになっていたらどうするつもりだったんだろうね。というわけで、さっそく明日の予定は埋まったね。一緒に行こう」

「ま、待って。私も行くの？」

唐突なお誘いに目が点になる。

前ヴァロア侯爵が他国の劇場にまで資金援助をしていた事実にも驚いたが、あまりにも急すぎる。劇場に着ていけるようなドレスもここにはないのだ。

「当然じゃないか。婚約者がいるのに同伴しない理由はないだろう？　手紙にもぜひ君と一緒に行くようにと書いてあるよ」

ジョエルから求婚を受けたのは、昨日だ。

なぜテランスがそのことを知っているのだろう。

「本当に私と一緒にと書いてあるの？」

「もちろん」

見る？　とジョエルが手紙を差し出してきた。そこには、確かにセシリィの名前がはっきりと記されてある。

「俺が振られる可能性は考えなかったのかな？」

クラークに手紙を返すジョエルは呆れ顔だった。

「それほど楽しみにされていたのでしょう。ようやくできた跡取りが花嫁を迎えるのです。しかも、その方が愛らしいとあれば、周りに自慢したいと思うのが親心というものではないでしょうか。それにしても、意外です。行商の行く先々でレディたちを虜（とりこ）にしてきた坊ちゃまでも自信がなかったのですか?」

「嫌味な奴だ」

クラークのひやかしに目を丸くするセシリィの隣で、ジョエルがムッとした顔になった。

面白くなさそうに目を細めるも、言葉ほど嫌がってはいなかった。

【第三章　十年ぶりの社交界】

翌日は、宣言どおりジョエルに連れられ観劇へと出かけた。

両親には昨日のうちに、ジョエルから求婚を受けたことをしたためて出しておいたのだが、その返事もさっそく届いていた。

今は父が王宮に詰めているため、落ち着いた時間が取れるようになるまで面会は待ってほしいと書かれてあった。

王族と近しい関係にある公爵家だ。

第二王子ルベンが王太子に即位するための準備で、セシリィのことにまで手が回らないのだろうというのが、ジョエルの見解だったが、セシリィも同意見だった。

（お忙しいのなら仕方がないわ）

ドレスの心配は、ジョエルが見せてくれた衣装部屋で解決した。

ジョエルは、このお屋敷にセシリィ専用の衣装部屋を作っていたのだ。何十着ものドレスやそれに見合う小物やアクセサリー類が整然と並べてあったのを見たときは、唖然となった。いったい、いつから準備していたのだろう。

（本当に断られたらどうするつもりだったのかしら？）

数あるドレスの中から、セシリィが選んだ薄桃色のドレスは、スカートの部分に幾重にも重なったフリルとリボンがあしらわれていた。髪は一つくくりではなく、上半分は編み込み、あとは下ろした。毛先が傷んでいたこともあり、少し切ったおかげでまとまりも出た。丁寧に香油を使い、髪を梳かれたことで艶も出ている。ドレスと同色の手袋が、荒れた指先も隠してくれていた。

「綺麗だ」

会場に到着し、馬車から降りる際に手を貸してくれたジョエルの賛辞に、セシリィは曖昧に笑って返す。

「ありがとう。けれど、その台詞もう四度目よ？」

一度目は、セシリィを部屋に迎えに来たとき。二度目は、馬車に乗る前。三度目は車内で。そして、今だ。

久しくしてこなかった令嬢のいでたちに、姿身に映るセシリィの顔は戸惑っていたが、ジョエルは「完璧だ」とセシリィを絶賛した。

セシリィからすれば、白いスーツ姿のジョエルの方がよほど完璧に見えた。大勢の前で躓いたりしないだろうか。

(あぁ、ドレスはどうさばくんだったかしら?)

ジョエルに恥をかかせるようなことだけは避けなければ。

こけら落としということもあり、劇場は大盛況だった。

大勢の貴婦人たちが、思い思いのドレスに身を包み盛装の紳士たちと開演までピロティで談笑している。

「すごい人ね」

見渡す限り、人、人、人。

その中でも、ジョエルはひときわ目立っていた。

金色の髪に白いスーツはよく映える。身に纏っている人物が無類の美青年ならば、なおのこと存在感は圧倒的だった。

ジョエルを見た観客たちの反応は、予想どおり。

彼らが自分たちを……いや、ジョエルを見て何を感じているのか、手に取るようにわかる。

——あの方は……? いや、まさか。

——だが、あの御髪の色に、あの顔立ち。アドルフ殿下にそっくりではないか?

アドルフを知る者は、ジョエルを見てしきりに「アドルフ」の名前を囁き合っていた。

しかし、セシリィたちに話しかけてくる者はいない。

ジョエルが何者であるかわからないうちは、迂闊に声を掛けられないといったところだろうか。

十分予想できていたことではあるが、こんなふうに衆目を集めるのは想像よりも何倍も居心地が悪い。

「セシリィ、俺たちの席は二階だよ」

わざと耳元に顔を寄せて囁く様子に、近くにいた令嬢たちが「まぁっ」と色めき立った。

彼は自分の美貌がどれほど強烈なのかを知らないのだろうか。

わずかに視線だけで諌めれば、蕩けるような笑みを返された。

そんなジョエルの微笑に、婦人や令嬢がうっとりとしている。

――隣の令嬢はどなた？

二階へ続く階段を上るセシリィを追いかけるように、まだ観客たちの囁き合う声がする。

「すっかり注目の的だね」

「ジョエル様が、よ」

どう見ても、彼らが注目しているのはジョエルだったではないか。

そう告げれば、ジョエルがいたずらっぽい笑みを浮かべた。

「俺たち二人のせいということにしないか？　どちらも話題性はばっちりだろう？」

「目立ちすぎだわ。ばれやしないかとひやひやしたもの」

「恋に多少のスリルは必要だよ」

ジョエルの口調は、現状を楽しんでいるようにも聞こえた。

だが、彼の言う多少のスリルは、静かな場所で暮らしてきたセシリィには刺激が強すぎる。

招待された席は二階の特別席だ。壁で仕切られ半個室になっているおかげで、十分なスペースが確保できた。

（ここが客席）

セシリィが領地で見ていた観劇は、いわゆる村芝居というものだ。場に設けられた舞台も地面から一段上げただけのもので、客席は四人掛け用のベンチが数列並べられてあった。ベンチに座るのはたいがい子どもか老人で、大人は立ち見が暗黙の了解だったから、前に男性に立たれると、それだけで視界が遮られてしまっていた。

劇場は初めてのセシリィでも、この席がとても高価だということはわかった。何しろ、向かい側にも似た席がいくつかあるが、そこは椅子がすべて四脚ずつ並んでいる。対して、セシリィたちが案内された場所には二人掛けのソファが一脚だけ。しかも、給仕がひとりついている。

劇場改修に出資した額が座席のグレードに反映しているのだろう。

特別席の中でも、この席はかなり高位に違いない。

「セシリィ、こちらへどうぞ」

しかし、座る勇気がないから帰りたいなどと言えるはずもなく、ジョエルにエスコートされ、そっとソファに腰を下ろした。

給仕に飲み物を持ってくるよう告げてから、ジョエルはゆったりと足を組んだ。

立ち居振る舞いからは、人を使うことに慣れている者独特の雰囲気が滲み出ている。

身体に染み込んだ高い教養や所作は、十年経っても忘れないものなのだろう。かくいうセシリィも、貴族社会から離れていたとはいえ、最低限のマナーは身体が覚えていた。

ここまで来る道中にドレスの裾に躓かなくてよかった。

「見えにくかったらこれを使うといいよ」

貸してくれたのは、持ち手棒がついたオペラグラスだった。知ってはいても、触るのはこれが初めて。どうやって使うのかといろんな方向から眺めていたら、「こうするんだ」とジョエルが使い方を見せてくれた。

「あぁ、なるほど」

そのままの形で受け取ると、さっそくそれで舞台を観た。

「ジョエル様、すごいわっ。人がすぐ近くにいるみたい」

舞台近くにいる楽団に手が届きそうだ。

思わず腕を伸ばすと、そっとジョエルに制された。

「触れないから」

「あ……」

顔を赤くすると、ジョエルがくすくすと笑った。

「俺たちが二度目に会ったときのことを覚えてる？」

ふるふると首を横に振れば、ジョエルが楽しそうに思い出話を聞かせてくれた。許嫁(いいなずけ)としての顔合わせが無事終わり、後日、セシリィは改めてジョエルから宮殿へ招待された。

そこでジョエルは、望遠鏡をセシリィに見せた。

初めて見る望遠鏡にセシリィは興味津々(きょうみしんしん)で、ジョエルが使い方を教えている間も、周りを回ってみたり、下をのぞき込んでみたり、対物レンズに顔を近づけたりしていたという。

「驚いたよ。何せレンズをのぞいたら、セシリィの目があるんだからね」

「そ、そんなことしたかしら？」

言われて思い出した。

ジョエルと許嫁になったのは、セシリィが六歳のときだ。アドルフとはたくさん遊んでもらったから、どれのことかすぐには出てこなかったのだ。

恥ずかしさをごまかせば、「うん、可愛かった」と言われた。

いたたまれなさに俯けば、そっと膝の上に置いた手にジョエルの手が重なった。

「ジョエル様？」

顔を上げると、するりと指が指に搦め捕られる。手を握られ、じわりと頬が熱くなった。

「……いけません」

小声で窘めるも、ジョエルには聞こえなかったのだろうか。

涼しい顔で綺麗な微笑を向けてきた。

「手を繋いでいるだけだ。婚約者なのだから、これくらいはみんなしていることだよ」

そうなのだろうか。

恋をしたことがないセシリィにとって、どこまでが節度ある触れ合いなのかわからない。

（でも、ジョエル様は知っているのよね）

彼は、どんな恋を経験してきたのだろう。

ジョエルは口調こそ軽いが、不誠実ではない。シーラという女性とは、どうして別れてしまったのだろう。もし、彼女と今も続いていたなら、セシリィはきっと彼の隣にはいなかった。

「セシリィは、こうされると迷惑？」

「ま、まさか」

違うと伝えるために、セシリィもそっと握り返した。

温かくて大きな手の感触に、ジョエルの隣にいると実感してほっとした。

すると、ジョエルが蕩けるような笑みを浮かべた。

給仕が飲み物を持ってやって来ても、ジョエルはセシリィの手を離さなかった。二人の手は決して貴族らしくはない。どちらも働くことを知っている手だ。

令嬢たちの手は、丹精込めて手入れされているため、幼子のように滑らかで柔らかい。セシリィのように便利さを求めて、爪が短く切り揃えられてもいない。指を長く見せるために、使用人たちが定期的に磨いてくれるおかげで爪には艶もあり、綺麗な弧を描いている。

幼い頃は、令嬢たちの美しさに憧れた。

けれど、今の自分はあの頃夢見た姿にはほど遠い。

子どもたちと過ごした時間に後悔などはない。けれど、この場に自分がふさわしくないことはひしひしと感じていた。

ややして、会場に人が集まってきた。開演が近いのだ。

視線を感じて、一般席を見下ろした。

令嬢とその母親らしい夫人がこちらを見上げている。扇で顔を隠しつつ、彼女たちの目はジョエルに釘付けだった。

魅惑の美青年に興味津々なのだろう。

ジョエルは、庶民としての時間を過ごしてもなお輝いている。

生まれながらに持つ高貴さは、隠しようがないのだ。

注目を集めている当人は、涼しい顔をしている。まるで人の視線など感じていないかのような様子は、見ている方がはらはらした。

彼は昔から注目されることに慣れていたから、今さらなのだろう。

だが、ジョエルほど気にしないでいられなかったのは、セシリィだ。

品定めするような不躾な視線に、セシリィは思わず顔を伏せてしまった。

「セシリィ、堂々とするんだ」

後ろめたいことがないのなら、怯える必要はない。

セシリィを励ますように、繋ぐ手に力が込められた。おずおずと顔を上げれば、ジョエルがセシリィを見つめている。彼は繋いだ手を持ち上げ、指先に口づけた。

「君が一番綺麗だ」

「な……っ」

みるみる顔を赤らめれば、視線を緩めて「可愛い」とジョエルが甘い美声で囁く。口元だけで笑う蠱惑的な表情に、セシリィは声すら出ない。

なんて凶暴な美貌なのだろう。

こんなこと、アドルフはしない。

「あ……の」

こんなとき、どう答えるのが正解なのだろう。

頭から湯気が出そうだ。もう観客たちの視線など視界に入る余裕もない。

そうこうしているうちに、明かりが落ち、舞台の照明がひときわ眩しくなった。

ジョエルが醸す甘い雰囲気をどうにかやり過ごすことができたことに、セシリィはほっと胸を撫で下ろした。

ジョエルの色香は、心をかき乱す。恋に免疫のない自分に彼の魅力は刺激が強すぎるのだ。

美しいアドルフの姿をした、蠱惑的なジョエル。

そんな人が自分を好きだなんて、信じられない。

自分の犯した罪を思えば、彼に大切にされていいわけがないのだ。

（そういえば、どんなお話なのかしら？）

上演する作品は人気のものらしいが、内容は知らないでいた。

（私は何に対しても関心がないんだわ）

気がついた事実は、セシリィの気持ちを少しだけ寂しくさせた。

会場が満杯になると、支配人が舞台上に上がってきた。

改修を終えた劇場がさらなる文化的な発展の場となることを祈願し、改修に尽力した貴族の中でも、とりわけ多くの資金援助をした貴族の名を呼び、感謝を伝えていた。

「キエラ国テランス・ヴァロア前侯爵殿改めジョエル・ヴァロア侯爵殿」

名を呼ばれ、ジョエルが軽く手を上げた。

その瞬間、会場がどよめきに包まれた。

「ヴァロア侯爵だって？　では、ついに後継が決まったのか⁉」

あちこちから聞こえる「ヴァロア侯爵」の声に、この瞬間ジョエルの身分が社交界に知れ渡ったのを感じた。

ヴァロア侯爵が後継を決めかねていることは、海を渡ったアネルデン王国にも届いていたのか。それほどまでに注目を集めている場所に座るジョエルは、誰よりも優美で悠然としていた。

セシリィの視線に気づくと、ジョエルがいたずらっぽい笑みを浮かべる。

「惚れた？」

「……もう」

黙っていれば完璧なのに、あと一歩が決まらない。

でも、セシリィが見ているジョエルはずっとこんな感じだ。飾らないし、感情を隠したりもしない。子どもたちと一緒になって遊んで笑い転げる顔は、太陽みたいに眩しかった。

楽隊が音楽を奏で始めると、舞台に役者が現れた。

姿勢を正し、舞台に注目した。そのときだ。

繋いでいたジョエルの指が、さわりと動いた。

（何？）

わずかに身を震わせジョエルを見遣るも、彼の視線は舞台に向いたままだ。

（……？　気のせいかしら？）

無意識に指が動くことはある。きっとそれだろうと思い、また舞台を観た。

すると、また指が蠢いたのだ。

いちいち過敏に反応してしまうのでは、ジョエルの気も散るだろう。

手を外そうとすると、ぐっと握っている手に力がこもった。

横顔を見ると、ジョエルは何食わぬ顔をして演劇を観ている。

（これも無意識なの？）

集中しているのなら邪魔するのもいけないと思い、そのまま視線を舞台にやった。今度は何も起きない。

（やっぱり無意識だったのね）

ほっと息をつき、セシリィも演劇に集中する。

それは、ある国の王女と騎士が禁断の恋に落ちる恋愛物語だった。王女には婚約者がいるが、自分の近衛騎士である青年に長い間想いを寄せていた。騎士もまた王女を愛していた。結ばれぬ運命であったはずだが、物語が進んでいくうちに国に動乱が起きる。その機に乗じて、騎士は王女を連れ出そうとするが――。

「――ッ！」

再び手袋越しに蠢いた指の感触に、あと少しで悲鳴を上げるところだった。驚いて見れば、なぜかジョエルはいたずらをしかけている方だけ手袋を外していた。

（なんで？）

動揺しながら、ジョエルを見た。

舞台を観ていたのに、今は横目でこちらを見つめている。青藍（せいらん）色の目が妖しく煌（きら）めいていた。

てくる。

「な、何……」

思わず声を出しかけると、ジョエルが自分の口元に人差し指を当てて、「静かに」と伝えてくる。

その間も、指のいたずらは止まない。

指の腹で手の甲を撫でられる感触がこそばゆい。彼の長い指が手袋の上を自在に動いていく。手のひらをくすぐり、手の形を確かめるように輪郭をなぞるのだ。

「……っ」

指の動きが気になって、演劇に集中できない。

反対の手でいたずらな手を押しのけようとすると、ジョエルが口元に笑みを浮かべながら、わずかに首を傾げた。

憎々しいくらいの優美さに鼓動を高鳴らせながら、きゅっと唇を嚙みしめ小さく首を横に振った。なのに――。

――大丈夫。

音のない声で、そう告げられた。

こういうときの彼の大丈夫は、当てにならないと昨日学んだばかりだ。

手の甲を包み込んだ大きな手が、手袋をゆっくりと脱がしていく。手袋くらいと思うも、

ジョエルの手つきが昨夜の情事を思い出させるのが問題だった。

色っぽいまなざしをしながら、ゆっくりと靴下を下げていく様子を思い出して、身体が熱くなった。

(ま、待って!)

咄嗟に、反対の手でジョエルの動きを封じた。

――駄目。

そう唇だけ動かして睨めつければ、ジョエルが残念そうに肩をすくめた。

よかった。わかってくれたようだ。

諦めてくれたことに一安心したのもつかの間。手を大きな手で包み込まれた。指の間に指を絡ませ、握りしめられる。

「――っ」

指の間を撫でる動きが妙に艶めかしい。セシリィの官能を呼び起こすような指づかいに息が弾みそうになるをこらえた。

手を繋がれているだけなのに、どうしてこんなに息が上がるのだろう。

意識が手にばかりいって、まったく劇の内容が頭に入ってこない。

くすぐったいようでぞくぞくする刺激に、身体の奥が疼いてしまう。昨夜の余韻が再び熱を帯び始めた。

「……んっ」

零れかけた吐息を、急いで手で隠す。

こんな大勢人がいる場所で、ひとりはしたない気持ちになりたくない。

（お願いだから、大人しくして）

潤んだ目でジョエルを見遣れば、彼もセシリィを熱いまなざしで見つめていた。目が合うと、セシリィに見せつけるように赤い舌が唇からのぞく。

「――っ」

それだけで、秘部が切なくなった。じん……とした甘い痺れが全身を巡る。

「セシリィ、立てる？」

耳元で囁く声にどうにか頷くも、手を借りて立ち上がるのがやっとだった。セシリィを支えるようにジョエルの腕が身体に回される。半分彼にもたれかかるようになりながら、そっと会場を中座した。

濃密な雰囲気から出られたことにほっとするも、次の瞬間にはジョエルに身体を壁に押しつけられた。

「ジョエルさ……っ、ん――っ！」

奪うようにジョエルが口づけてくる。腰を強く引き寄せられれば、身を捩ることもできなかった。

「ごめんね、俺がいじわるだった」

わかっているのなら離れてくれればいいのに、ジョエルの言動はちぐはぐだ。口では殊勝なことを言っていても、彼の行動はさらに過激になっていく。

「ま、……て。こんなところ、誰かに見られたら……ぁん、ん」

「誰も来ないよ。今がクライマックスだ」

青藍色の瞳を欲情で色濃くしたジョエルがセシリィの頬に唇を這わせながら熱っぽく囁いた。

「でも……」

「だったら、これでどう?」

「あっ……」

ぐいっと身体を抱きかかえられ、オブジェの柱の陰まで運ばれた。咄嗟に彼の首に手を回し、身体を支える。柱の先は行き止まりで、セシリィたちはわずかな隙間に身を潜めるように入り込む。

「セシリィ、キスして」

首に回した腕をなぞりながら、ジョエルが吐息のように呟いた。

「キスならいいんだろう？」

押しつけられた彼の体躯もまた熱い。ジョエルが示した興奮の証に、きゅんと秘部が切なく疼いた。

（こんなこと、駄目なのに）

それでも、セシリィは彼の愛らしいおねだりをどうしても拒むことはできなかった。


「お帰りなさいませ。観劇は楽しめましたか？」

お屋敷に戻ったセシリィたちを出迎えたクラークに、セシリィは曖昧に笑うことしかできなかった。

それもこれも、寄り添うように腰を抱いているジョエルがいけない。

大胆不敵と言うべきか、人の視線に無頓着なのか。

（あんな場所で、あんな破廉恥なこと）

観劇の最中だったからいいものを、いつ人が通るかわからない場所での情事に、セシリィは気が気ではなかった。

人の気配が近づいてこないか神経が張り詰めていたせいか、昨夜以上に快感を鮮明に感じとってしまった気がする。

まだ身体のあちこちで熱がくすぶっている。

あの程度では物足りないと身体が訴えていた。

頭の中まで蕩けるような、もっと強い刺激が欲しい。腰に触れる手の感触を、身体は恥ずかしいくらい意識していた。この手がどんなふうにセシリィを乱すのかを知ってしまったから、触れられなかったところが切なかった。

(私ったら、どうしたというの？)

だが、もっと触れてほしかったなんて言えるわけがない。

こんな自分を知られたくなくて、できるだけ普段どおり振る舞うよう努めるしかなかった。

セシリィにあてがわれた部屋に戻ると、よろよろとソファに座り込む。ほうっと息をついたのもつかの間。

「な、何……？」

当たり前のようにジョエルが隣に座り、セシリィに覆い被さってきた。

「なにって、さっきの続き？」

「つ、続くのっ⁉」

思わず聞き返せば、声が裏返ってしまった。

素っ頓狂な声音に、迫ったジョエルの方が目を丸くした。

（だ、だって、まだ日も高いし）

婚約者は時間など関係なく、睦み合うものなのだろうか。

それでなくとも、七歳で領地に引きこもってからは、修道女さながらの生活をしてきたのだ。肉体の欲望とは縁遠い世界で、子どもたちに囲まれた空間で生きていたセシリィは、夫婦に営みが必要なことは知っていても、男女のめくるめく情事には疎かった。

綺麗な顔を俯かせ、肩を震わせるジョエルは、きっとそんなセシリィに呆れているに違いない。

「ご、ごめんなさい。私、その……」

こういうときは、何を言えばいいのだろう。

うろたえていると、やがてジョエルが弾けるように笑った。

「ははは！」

そうして、セシリィの胸に顔を埋めるように倒れ込んでくる。

「きゃあ！」

体重を掛けられ、ジョエルもろともソファに仰向けに倒れ込んでしまった。

「あ――やばい」

ぐりぐりと顔を胸に擦りつける仕草に、気が動転する。そんなことをするのは、教会にいた子どもたちが甘えてくるときくらいだ。大の大人が、しかも元王子が女性の乳房に顔を押しつけるなどしてはいけない。

「ジョエル様っ、何してっ」

「仕方ないよ。セシリィが可愛いのがいけないんだ」

「私のせいなのっ⁉」

理不尽な責任転嫁に目を剝けば、「いけないことをしようか？」と甘い声で誘われた。

「セシリィはあれだけで満足できたんだ？」

「……っ、そ、れは」

物足りないと感じていたくらいだ。満足しているわけがない。

けれど、どうしてそんなはしたないことが言えるだろう。

ぐっと言葉に詰まると、ジョエルがゆったりと首を傾げた。

「それは、なぁに？」

どんどんジョエルの声が艶めいてくる。

アドルフの雰囲気のまま、ジョエルの色香で迫られると心が混乱してくる。

彼は誰なの――と。

「劇場での俺はいい子だったろう？」

「あれのどこがっ」

確かに人気のない場所ではあったが、いつ人に見られるか、気が気でなかったのだ。

抗議すれば、「セシリィも嫌がってなかったじゃないか」と、柔らかい声がまろやかに鼓膜をくすぐる。

「そう……だけ、どっ」

会場内で焦らされた熱に、理性が負けたからだ。

だからといって、人に見られなければ睦み合っていいわけではない。自分たちに必要なのは、節度を持った付き合い方ではないだろうか。

顔を真っ赤にさせたままそう言えば、ジョエルが蕩けるような表情になった。

「セシリィはなんて可愛いんだ……。素直なところも大好きだ」

「な――っ」

たまらないと言わんばかりに、ジョエルが頬をすり寄せてくる。愛しいものを愛でるような仕草がくすぐったかった。

「でも、いい子でいたご褒美が欲しいな」

「ご、ご褒美⁉」

どこからそんな発想が生まれてくるのか、セシリィには理解できない。彼の思考にまったく追いつけないでいた。

目を白黒させていれば、「教会ではいい子にはご褒美をあげていたんじゃないのか？　俺にはないの？」と口を尖らせてきた。

「そんなこと言われても」

確かに、子どもたちには人の役に立ったときなどにご褒美をあげていたが、それとこれとは別の話だ。

相手は、侯爵であり貿易王だ。セシリィよりもはるかに多くのものを手にしている彼が、セシリィに望むものとは何？

「セシリィから誘って」

「さっ、誘う⁉　誰を」

「もちろん、俺を。いやらしい気分にさせて」

鼻先が触れ合う距離から、青藍色の瞳に見つめられた。

吸い込まれそうな深い色味に、なんとも言えない表情をしたセシリィが映っている。困惑と、混乱と、快楽への期待が入り交じった表情は、今にも泣き出しそうにも見えた。

「それのどこがご褒美なの……？」

なぜそれがご褒美なのかもわからないし、セシリィにとっては苦行にも等しいことではないか。

「それが無理なら、セシリィを俺の好きにするよ」

「それは」

「泣かせちゃうかも」

今でも泣きそうなのに、どんなことをされるのだろう。この間よりも、もっと恥ずかしいことなのだろうか。

「それよりは、セシリィが思うように誘う方がいいと思わない？　その間、俺は絶対に手を出さない」

混乱する頭でジョエルの言い分を聞いていると、それが最善な気がしてきた。

（私の好きにしていいなら、まだ――）

「そんなことが、本当にご褒美になるの？」

「そうだよ。俺にとっては最高のね」

我慢するのが、ご褒美なんてジョエルの思考はよくわからない。

けれど、ジョエル本人がいいと言うのだ。

ただ、困ったことにジョエルをその気にさせる方法なんて知らない。

「どうすればいい……の？」

口づけでは駄目なのだろうか。

幸いにも口づけなら、もう経験ずみだ。どんなふうにすればいいかは、昨晩も観劇の最中にも、嫌と言うほど教え込まれた。

おずおずとたずねれば、ジョエルが幸せそうな顔をしたままセシリィの頬を撫でた。

「いいよ、教えてあげる。俺の真似をして」

そう言うと、ゆっくりと身体を起こした。

「最初はキスを」

いきなりの難問にセシリィは躊躇う。

「セシリィ、早く」

目を閉じたジョエルが、鼻先を擦り合わせながら催促する。

セシリィは、ためらいがちにジョエルの形のいい頬に両手を添えると、そっと唇を合わせた。

されるときとはまた違う胸の高鳴りがうるさい。

触れるだけの口づけを外して、「……どう？」と問いかけた。

「一瞬すぎてわからなかった。だから、もう一回」

（今のでも、十分恥ずかしかったのにっ）

彼がどんなふうな口づけを望んでいるかを感じるから、ためらうのだ。

口腔を弄り、喉の奥を舌で犯されるような濃厚な口づけを求めているに違いない。

（そんなの無理よっ）

「セシリィ、早く」

なんてわがままなのだろう。

淫靡なおねだりに、セシリィは腹をくくって、もう一度口づけた。

今度は、先ほどよりももう少しだけ長く。そして、大人の口づけになるように。

舌先でジョエルの唇に触れる。その柔らかさは何度も経験しているのに、毎回初めて触れるような感覚がある。ぴくりと肩を震わせながら、ゆっくりと唇の上を舐めた。

ジョエルはこのあとどうしていたんだっけ？

（あぁ、そうよ）

――開けて。

舌先で唇を突いて催促をする。くすぐるように唇の隙間を舐めては、下唇を啄んだ。

口に含んだそれは、マシュマロみたいに柔らかい。

（美味しいかも……？）

もっと味わってみたくなり、また舌を這わせる。ジョエルがしているようにセシリィも、おそるおそる彼の口腔へと舌を伸ばしてみた。

「は……、んンっ！」

けれど、セシリィが主導権を握れていたのは、そこまでだった。噛みつくように始まった口づけに翻弄される。肉厚のものに舌を搦め捕られると、じん……と重たい刺激を腰骨辺りに感じた。

（真似をすればいいのよね？）

今まではされるがままだったものに、セシリィも応える。ねっとりと舌を絡め合う行為は、徐々にセシリィの劣情をかき立てていった。ぴちゃぴちゃと立つ水音が鼓膜を刺激している。

手持ち無沙汰になった手の置き場を探していると、ジョエルに握りしめられた。

「触って」

そう言うと、セシリィの手を自分の身体へとあてがった。

「あ……」

服越しでもわかる熱さと、引き締まった体軀にどきりとする。

なんてたくましいのだろう。

手のひらから伝わる温もりと硬さにどきどきする。

（すごい……）

初めて触れた異性の身体は、セシリィにとって未知のもの。

ゆっくりと手を動かす。セシリィを抱きしめてくれる胸板の厚みも、余分な肉がついていない絞られた身体が描く脇腹のラインも完璧だ。

セシリィの記憶にあるアドルフは、痩躯ではないが、男らしい身体つきでもなかった。

「セシリィ、脱がせて」

口づけの合間に告げられる要求に、セシリィはおずおずと彼の服に手を掛けた。ネッククロスを解き、触り心地のいいシャツのボタンを外すも、途中ベストが邪魔で最後までできない。

「あ……っ」

彼の手が腹部にあてがわれる。そのまま上へと上ってくると、胸の膨らみに触れられた。

「ん、柔らかい」

「……っ、ジョエル様、それ……はっ」

「大丈夫、今日は口づけて触り合うだけだ」

大きな手が乳房をすくい上げると、揉みしだくように手の中でもみくちゃにされる。

「は……ん、ぁ……っ」

知らない感覚が怖い。

なのに、身体はわずかな快感をも拾おうとする。

「脱がせていい？」

首筋に口づけるジョエルが囁いた。

肌に掛かる息遣いにぞくぞくしながら、「い……いけません」と拒む。

「セシリィも触ってるじゃないか」

「だって、ジョエル様が真似をしろって」

「あぁ、そうだった」

忘れていたと言わんばかりの口調のジョエルが両手で乳房を嬲りながら、唇で鎖骨を食んだ。

「あぁ……っ」

顎を上げて身を捩れば、ソファと背中との間にできたわずかな隙間にジョエルの手が滑り込んできた。ドレスが寛げられる解放感に息をつく間もなく、あらわになった乳房をジョエルが直に触れてきた。

薄桃色をした尖頂を親指の腹で撫でられ、息を吹きかけられる。

「ひ……っ」

「……綺麗だ」

囁くなり、乳房の尖頂が彼の口腔に収められてしまった。その熱さに身体の奥がびりびりする。

「あ……ま、って」

すすり上げる音がして、ジョエルが乳房を揉む。手の隙間から盛り上がる柔らかな肉に、彼は舌を這わしてその感触を味わっていた。

「ジョエルさ、ま……、だめ……」

「セシリィも同じようにやって見せて」

そう言うと、ジョエルがおざなりになっていたセシリィの手に触れた。

「もっと俺を触って。この手で確かめて」

彼がセシリィの手を持ったまま、自分の身体を弄る。

「あ……、ぁ……ん、ンっ」

いつの間にか開いていた脚の間に身体を割り込ませたジョエルが、欲望の証をセシリィの秘部へと擦りつけた。

服越しでもわかる隆々とした存在が生々しい。

かぁっと頬を赤らめれば、身体を起こしたジョエルが手ずから下衣を寛げ、欲望を取り出した。

初めて見る異性の形に目が釘付けになる。

幾度となくその熱を感じてきた。

身体に押しつけられるたびに、彼が自分を求めてくれているのだと感じることができた。

セシリィはそれに恥じらいを覚えつつも、心の端では喜びをも抱いていた。

天を向き反り返るそれは、ジョエルの見た目からは想像できないほど長大で、太い。

「あ……嘘」

あんなものが自分の中に入るのか。

(無理よ、絶対に壊れちゃう)

なのに、どうして自分は視線をそらせずにいるのだろう。

見ているだけで、息が上がってくる。

身体の奥底から興奮してきているのを感じていた。

でっぷりとした亀頭の先から染み出ている透明な蜜がなんとも卑猥(ひわい)で、淫靡だった。

(触れたらどんな感じなの……？)

だが、自分から手を伸ばしたりなどできない。手首を返し、指を絡めるように手を繋ぐと、くっとジョエルが切なげに目を細めた。

「全部、触って」

そう言って、ジョエルが自身の欲望にセシリィの手を導く。

手のひらに当たった先端のぬめりに、心臓が痛くなるほど鼓動が高鳴った。

（これが、ジョエル様の……）

ジョエルがセシリィの手に擦りつけるようにして腰を動かし始める。塗り広げられていく蜜が潤滑油代わりになれば、腰遣いは徐々になめらかになっていった。

逃げないようにと手で欲望を包めば、じゅぶじゅぶと音が立った。片手では収めきれない太さが興奮をかき立てる。

いけないことをしている自覚はあっても、手を払うことができなかった。

どちらも服を乱した状態で行う情事は、どこか背徳的で、それがまたセシリィたちの劣情を煽った。

部屋には二人の息遣いと、ぐち……ぐち、と水音が響いている。

「セシリィ、セシリィ……」

手で作った筒の中をジョエルのものが出入りする光景は卑猥だ。なのに、拒むどころか、もっと彼に感じてほしいとすら思っていた。

（あんなにたくさん……溢れてきて）

見上げた美貌に浮かぶ苦悶の色に、胸が一層高鳴る。一心不乱に腰を振る姿に、どうしようもなくときめいた。

「気持ち……ですか？」

問いかけると、ジョエルが少し困ったように苦笑した。

「私、上手にお誘いできてます……か？　ご褒美に、なってますか？」

「あぁ、上手、だ」

「よかった……、ぁんっ」

亀頭のくびれが手の中をごりごりと擦る刺激に、セシリィも息が上がっている。こんな太いもので身体の中をさすられたらどうなってしまうのだろう。

セシリィの中で、恐ろしさと興奮がせめぎ合っている。

「駄目だ、セシリィ。手を離せ」

かすれ声に焦りの色が滲んでいる。

「な……んで？　私、まだできる」

きゅっと欲望を握る手に力を込めた直後。

「く……っ」

ジョエルの呻(うめ)き声と共に、セシリィの手が白濁(はくだく)した体液に塗(まみ)れた。

まだ婚約も正式にしていない身で、こんな乱れた関係でいていいのだろうか。

昨日の情事などなかったような涼しい顔をして隣を歩く美貌の貴公子を、セシリィは恨みがましい目で見ていた。二人の手はしっかりと繋がれている。

今日は、天候にも恵まれ絶好の散歩日和ということもあり、植物園にはセシリィたちの他にも多くの人がいた。

昨夜劇場でジョエルの身分が明かされて、今朝にはもうジョエル宛の手紙が何通も届いていた。

「お仕事があったのではないの？」

昨日も一昨日も遊び呆(ほう)けているが、彼は貿易王だ。

セシリィにばかりかまっていていいのだろうか？

「私のことなら放っておいてくれて大丈夫よ。もともと屋敷にいるつもりだったことだし」

「すべきことはしているよ。心配してくれてありがとう」

「そ、そう？　でも、無理はしないでね」

ジョエルがそう言うのなら、セシリィがこれ以上口出しすることはない。

さまざまな種類のバラが咲き誇る庭園をゆっくりと散策する。ここは、誰でも入れる場所でもあるため、身分問わず多くの人々がそれぞれ思い思いに花を愛でていた。

春の日差しの下、バラの甘い香りだけがセシリィの心を和ませてくれる。

昔、妃教育のため王宮へ通っていたとき、よく王妃がセシリィをお茶に誘ってくれた。バラが好きだった王妃は、宮殿に専用のバラ園を持っていて、お茶を飲むときは大抵そこだった。限られた者だけが足を踏み入れることができる場所へ招いてくれていたのは、セシリィを特別だと思ってくれていたからだろう。

(王妃様はお元気かしら)

十年前の水難事故以来、両陛下とは顔を合わせていない。

セシリィが王妃を苦しみの中へ落としてしまっただけに、合わせる顔がなかった。

けれど、状況は動いた。

アドルフそっくりのヴァロア侯爵の話題は、いずれ王宮にも届くだろう。両陛下はきっとジョエルに会いたいと思うはず。

(事実をお伝えすべきではないの？)

実はアドルフ本人であることを告げれば、彼らは喜ぶに違いないからだ。

ジョエルは、両親に会いたいと思わないのだろうか。

それとも、あくまでも自分は死んだ者と思わせることが、王子という立場を捨てた彼なりのけじめだと言うのだろうか。

思い返せば、アドルフが家族のことを話していた記憶がない。

セシリィの両親は、折を見て領地までセシリィに会いに来てくれたし、王都にいてもまめに手紙や贈り物を届けてくれた。セシリィもお礼の手紙や、子どもたちと一緒に作ったものを贈ったりしていた。アドルフが事故に遭う前は、家族と離れて暮らすことになるなんて思いもしなかった。

それがセシリィの知る家族のあり方だった。

だが、孤児院で子どもたちの世話をするようになって、家族にもいろいろな形があり、それぞれがさまざまな事情を抱えている現実を目の当たりにした。

ジョエルは、王族という特殊な環境にいた。ならば、家族の定義もセシリィとは違うのかもしれない。

「ジョエル様は、どんな家庭を作りたいの？」

問いかけると、ジョエルが面食らった顔をした。そして、じわじわと目元と言わず、耳の先まで赤らめていく。

「嬉しい……。もうそんなところまで考えてくれてたんだ。気のない振りは俺を焦らす作戦だった？」

「ごめんなさい、今のは忘れて。ちょっと思っただけだから」

いきなり振る話題ではなかったらしい。

謝ると「驚いただけだから、もっと聞いて」とジョエルが慌てた。

「そうだな。すぐには思い浮かべられないかな。俺は家族がどういうものかよく知らないんだ」

やはり、そうなのか。

家族の話をしなかったのではなく、するだけの話題がなかったに違いない。

みんなでピクニックに出かけたり、夏は避暑地で水遊びをしたりはしないのだろう。

「でも、ルモントン公爵家はとても夫婦仲がよかったよね。公爵が夫人にぞっこんなんだって？　それは今も変わらない？」

「お恥ずかしいわ」

「どうして？　結構なことだよ。二人の愛情に包まれて育ったからこそ、セシリィも愛の注ぎ方を知っている。孤児院では君の周りにいつも子どもたちが集まっていたしね」

「それは、単に私に懐いてくれていただけよ」

すると、ジョエルが静かに首を横に振った。

「君の側が居心地のいい場所だって知ってたからだよ。俺もそうだった。セシリィと遊んでいるときは、気持ちが楽だったんだ」

話してくれたのは、アドルフだった頃には聞けなかった彼の気持ちだった。

セシリィの知るアドルフは、軽々しく気持ちを口に出したり、他人に弱さを見せたりはしない。それは両陛下も同様だった。

だから、王族とはそういうものだと勝手に思っていたけれど、彼らだって人間であり、心はある。

（寂しい、と思っていた？）

『本当にそうなのかな？』

両陛下の話をしたときのあの言葉が、ずっと心の片隅に引っかかっている。

ジョエルは、苦境に立たされても自分で運命を切り拓くことのできる人だ。そんな彼を知ろうとして、まだ三日しか経っていないのに、庇護欲を抱いてしまうのはどうしてなのだろう。

セシリィを愛していると言い、セシリィの言葉に顔を赤らめる彼から目が離せない。

「……お役に立てていたなら、光栄だわ。ねぇ、ジョエル様」

王子であることは、辛かった？

そう聞こうとした直後、セシリィたちの背後から女が声を掛けてきた。

「……ジョエル？」

呼ぶ声に振り向けば、見知らぬ女が立っていた。異国の服を纏った彼女は、茶色の髪に青い目をした儚げな雰囲気の美女だった。彼女の姿に、セシリィは既視感を覚えた。

「ジョエルよね？」

声を震わせながら、彼女がふらふらとジョエルに近づいてきた。

どこかで見たことのある人だが、領地から十年出ていないセシリィに異国の服を着るような知り合いはいない。

（誰かしら？）

「シーラ」

ジョエルが口にした名前に、はっと息を呑んだ。

（この方が、ギイが話してたジョエル様の恋人だった人）

シーラの呼びかけにジョエルが応えると、彼女は歓喜に目を潤ませた。

「あぁ、ジョエル!!　会いたかったっ！」

そう言うなり、ジョエルに飛びついてきた。

衝撃的だった。

視界の端をシーラの長い茶色の髪がかすめていく。

自分の目の前で、自分ではない別の女性がジョエルに抱きついた瞬間、言いようのない感情が胸に広がった。

(会いたかったとは、どういうこと？)

啞然としながら、視線をゆっくり二人へ向けた。

ジョエルは彼女を受け止めはしたが、すぐに自分から引き剝がした。

「あんっ」

シーラは、ジョエルのすげない態度にわざとらしい声を出した。

彼女にしてみれば、当然抱き返してもらえると思っていたのだろう。

突然の出来事に、セシリィは何も考えられなかった。

いったいどんな理由で彼女が現れたのかも。どうしてジョエルに抱きついているのかも理解できない。

一つだけはっきりしているのは、この状況に不快感を覚えているということだ。

「ジョエル、どうして私を抱きとめてくれないの？」

目を潤ませ、不安げな声でジョエルを見上げるシーラの仕草は可憐だった。到底、セシリィにはできない仕草だ。そんな彼女を見て、ジョエルがため息をついた。

「俺に触れるな。迷惑だよ」

「――っ」

ジョエルらしくない突き放した言い方だった。こんな声音を聞いたのは、マリオと対峙したとき以来だ。

「まだ、あの日のこと怒っているのね。当然だわ……。でも私も苦しかった。辛かったのよ？　離れてしまったけれど、ずっとあなたのことが忘れられなくて……っ」

彼女の言うあの日とは、きっと二人が別れた日のことだろう。

そんな事情をセシリィが聞いてしまってもいいのだろうか。

（でも、知りたい）

なぜジョエルと別れたりしたのだろう。

「だとしても、俺には関係ない。君は結婚し、俺にも婚約者がいるんだ。彼女を不安にさせることはしたくない」

そう言って、ジョエルがセシリィを見た。

シーラを突き放した手で、セシリィの腰に手を回すと、つむじに口づけた。

　途端に、シーラの様子が剣呑になった。

「誰よ、その女」

「俺が愛している人。婚約者だ」

　唇を寄せたまま、うっとりとした声で告げる。ジョエルの心が、シーラとセシリィのどちらにあるかを示すには、それで十分だった。

「嘘……、冗談よね？」

　震える声で問いかけたシーラが、セシリィを見た。いや、睨んだと言ってもいいかもしれない。

　剝き出しの嫉妬に、きゅうっと腹の奥が縮み上がった。びくりと身体を強ばらせると「大丈夫」とジョエルに抱きしめられた。

「やめてジョエルっ、私の前でそんなことしないで！」

　シーラは、自分の身体を抱きしめながら叫んだ。まるで、彼女こそがヒロインであるかのような悲痛な声だった。

　ならば、セシリィは彼の恋人を奪った悪役だろうか。

　彼女が作り上げた勝手な恋物語にも、ジョエルはなんの関心も抱いていない。

「金輪際（こんりんざい）、俺の前に現れないでくれ。行こう」

そう言うと、ジョエルがセシリィを促し歩き出した。

「待って！　私、夫と別れたいの！　やっぱりあなたを愛しているって気づいたからっ。あの人ったらひどいのよ。私を殴るの！　そんな乱暴な男のところに私を置いておいて、あなたは平気なの？　お願いよ、私を夫の魔の手から救い出して。そして、恋をやり直しましょう。今度はうまくいくわ。私たちなら、きっと幸せになれるもの！」

どうにかジョエルを引き留（と）めようとする声にも、彼が足を止めることはなかった。

あまりにもすげない態度に、見ているセシリィの方がはらはらしてしまう。

話を聞く分には、シーラの方から手を離したのだろう。

そして、彼女はそのことを後悔している。

けれど、ジョエルは違う。シーラに一欠片の未練も残していないように見えた。なぜなら、彼が今愛しているのは、セシリィだからだ。

「ジョエル様、いいのっ？」

セシリィがこんなことを言うのはおかしいと自分でもわかっている。

(でも、彼女は今、夫に殴られていると言った)

悲痛な声が、いつまでもセシリィたちに追い縋（すが）ってくる。

「ジョエル様、駄目よ。あの方と話を」

思わず後ろを振り返ろうとして、「見るな」といつになく強い口調でジョエルに止められた。

「でも、あなたに助けを求めてきてるわっ」

「かまわない」

「違う」

断言する声音には、ありありと軽蔑（けいべつ）と嫌悪があった。

「あれは、救済を求める声じゃない。エゴで塗り固められた嘘だ。彼女に好意を持ったことはあるよ。サリーに預けられたばかりの頃、右も左もわからないときに一団の仲間だった彼女に優しくされて、彼女の持つ雰囲気に懐かしさを感じて……、つき合っていたと思っていた。けれど、恋人だと思っていたのは俺だけで、彼女には他にも行商の先々で男がいた。その中のひとりと結婚したんだ。金持ちの貴族だった。言われたよ、若くて綺麗な男と遊んでみたかっただけだと。金も地位もないくせに高望みするなとも言われたかな」

「そんな、ひどい」

ジョエルの恋は、痛みしか彼に残さなかった。

入ったばかりというなら、十五歳くらいの頃だろうか。

シーラが当時いくつだったかは知らないが、記憶もない上に、彼は世間一般とはかけ離れた環境で育ってきたのだ。普通の生活すらままならなかったに違いない。そんなときに優しくされたら、心を許してしまうのも無理はない。

そんなジョエルを、彼女は弄(もてあそ)んだ。ただ若く、見目が美しいという理由だけでだ。

ジョエルが軽蔑して当然なのだ。

「若気の至りだよ。よくある話だ」

ジョエルはありきたりな言葉で恋の痛手をごまかしたが、抑揚がない分、傷の深さを感じた。

「だとしても、暴力に怯えている人を見過ごすの？」

「それが嘘だよ。彼女に殴られた痣(あざ)があったか？」

「なかったけれど、他人には見えない場所を殴る人もいるわ！」

孤児院に来る子どもたちの中には、親の虐待で苦しんできた子もいた。殴られた痕(あと)は、服の下がほとんどだった。

「ジョエル様っ」

声音を強めると、ジョエルが大仰(おおぎょう)にため息をついて足を止めた。

振り返った彼は、なんてうんざりした顔をしているのだろう。

「それで、セシリィはどうしたいの？　あれに親切にしてやれとでも言うわけ？　聞いていただろう。もう一度俺とやり直したいと言っていたじゃないか。それがどういう意味かわかるよね。でも、俺が結婚したいのは君だけなんだ」

「わ、わかっているわ！　でも」

「でも、なんて言葉が続くのなら、わかってないんだよ。それとも、彼女が婚約者の座を渡せと言ってきたら、君は差し出すのか⁉」

徐々に口調が荒くなってきたのは、本気で苛立っているからだ。

彼を怒らせたいわけじゃない。ただ、もし本当に夫から暴力を受けているのなら、助けてあげるべきではないかと思ったのだ。

「わ、私は別に、そんなことは言ってないわ」

怒りが滲んだ声に、皮膚がびりびりとする。

初めて、ジョエルを怖いと思った。

「だが、君の言うことにはそういう可能性も含まれているということだ。俺は君よりもずっと彼女の本性を知っている。嘘ばかりついているせいで、自分自身ですら何が本当かもわからなくなっているんだ。大方、俺が貿易王になったのをどこかで知り、慌てて俺に乗り換えようとしたんだろう。見栄と贅沢が好きな女だったからな」

そう言ったジョエルが、ふんと鼻であざ笑った。

冷淡な横顔はぞっとするほど冴え冴えとしていて、アドルフともジョエルとも違う顔に見えた。

ジョエルの言うとおり、セシリィは彼女について何も知らない。

それに対し、ジョエルはシーラのことをよく知っている口調だった。つき合っていたと思っていたくらいだ。不安だった心に入り込んだ彼女に心を開き、夢中になっていたに違いない。彼女が自分以外の恋人を持っていたことにも気づかないほど、のめり込んでしまう魅力がシーラにはあったのだ。

（では、私は？）

もし、十年間アドルフを待っていたのが、セシリィではなく別の誰かだったら、ジョエルはその人を好きになったのだろうか。

ジョエルの言う好きの理由とは、そういうことだ。

あぁ、胸の中がもやもやする。

シーラの救済を拒まれた悔しさと、自信のなさへの惨めさと、理由のつかない口惜しさが心の中で渦巻いているのに、文句の一つも出てこない。

「そんなに助けたいんだ」

「……嘘ばかりついている人だとしても、今回もそうとは限らないわ」

絞り出すように告げれば、「どうだか」と鼻で笑われた。

「それが子どもたちの世話で学んだこと？　たった一瞬会っただけの者にすら心を配れるのは君の美徳なのだろうけれど、俺の気持ちは蔑ろにしていいんだ。関わり合いになりたくないと言ってるんだけどな！」

「――っ」

言葉の意図に気づき、はっとなった。

顔を上げれば、彼の美貌は傷心を表情に浮かべていた。

傷ついているのは、ジョエルの方なのに。

(私ったら、自分の気持ちばかり優先させてた)

気づいた身勝手さに、今度こそ返す言葉もない。

誰かを傷つけてまでする行為が、救済のわけがない。ただの自己満足だ。

「……ごめんなさい」

セシリィには、その言葉以外、何も思い浮かばなかった。

帰りの馬車の中は、気まずい雰囲気が漂っていた。

（失敗した）

ジョエルは内心、己の愚かさにげんなりしていた。

柄にもなく、焦ってしまった。

シーラという過去の汚点を、セシリィに知られたくなかった。終わったことを蒸し返しただけでなく、まだ再構築できると信じ切っているシーラの自分勝手さに苛々した。

そんなわけがないのに。

シーラに想いを寄せていた時期もあったが、すべて終わったことだ。今は一欠片の情すら残っていない。

あれは恋慕ではなく、ひな鳥が親鳥のあとを追いかける刷り込みのようなもの。彼女の見た目に既視感があったのも、シーラに惹かれた理由だ。

それがセシリィと再会したことで、シーラに誰の面影を重ねていたのかわかった。

セシリィだ。

柔らかい茶色の髪と、青色の瞳。儚げな雰囲気は、あどけなさと無邪気さを連想させた。

（あんなふうに責めるべきじゃなかったんだ）

セシリィが今までどんな暮らしをしていたかは、知っていたはずだった。

自分のせいでセシリィの性格が変わってしまったことも承知していた。

彼女が、罪の意識から自己犠牲とも言える献身的な行動をしがちなことも、目の前で苦しんでいる人を見過ごせない性分なのも、すべてわかっていたはずなのに。

すっかり口を閉ざしてしまったセシリィは、俯いたまま視線を上げようともしない。

手持ち無沙汰になると指を弄るのは、セシリィの昔からの癖だ。

困ったことがあったり、ままならない気持ちになると出る癖が、今がその状況なのだと教えてくれる。

植物園で見せてくれた楽しそうな姿が嘘のように、萎んでしまっていた。

どうか自分といることが嫌になったなんて思わないでほしい。

セシリィの心が離れていってしまうことが、何よりも怖かった。

「……ごめん。言葉が過ぎた」

謝罪に、セシリィが力なく首を横に振った。

「……いいの。私もいけなかったもの」

まるでそう言うことが決められているかのような返事には、苦笑しか出ない。

大好きな子を困らせている状況に、ジョエルは本気で弱り果てていた。

「シーラが出てきて、焦ったんだ。終わったことだけど、誤解だけはされたくなかった」

「どんな誤解があるの？」

力ない言葉だが、返事をしてくれたことにわずかな希望を感じた。

「俺がまだ彼女に未練があるという誤解」

「そんなの……」

途中で止めるくらいなら、いっそのこと全部吐き出してほしい。どれだけジョエルを傷つける内容だってかまわない。セシリィがひとり抱え込んでしまうよりはずっとましだ。

「言って？　セシリィが今、思ってること全部教えて」

手を繋いでも、振り払われないことに安堵を覚える。

「セシリィ、俺を見て。人と話すときは目を見るものだろう？」

自分でも調子のいいことを言っている自覚はある。だが、今はマナーを言い訳にしてでも、セシリィと顔を見て話したかった。彼女が何を憂い、どんなことに傷つき、悩んでいるのかを知りたい。

ゆるゆると顔を上げたセシリィは、心が絞り上げられるみたいな悲しい顔をしていた。

「ごめんなさい……。少しだけ時間をちょうだい」

泣きもせず、淡々と告げた抑揚のない声に、ジョエルは頷くことしかできなかった。

【第四章　はじめまして、こんにちは】

鼻孔（びこう）に広がるバラの香りとジャムの甘さも、ひとりでは少しも美味しくない。

セシリィは東屋（あずまや）でバラを眺めながら、物思いに耽（ふけ）っていた。

ジョエルと気まずくなって、二日が過ぎた。

彼は、最低限の挨拶（あいさつ）はしてくれるが、日中はほぼ屋敷にいることはなかった。

最初は、自分の身勝手さに嫌気がさしていたはずなのに、今はどんよりとした気持ちの方が大きくなっている。

他人のためだと言いながら、ジョエルの気持ちを蔑（ないがし）ろにしてしまった。

それでも彼は、馬車の中で謝ってくれた。

謝罪するのはセシリィだけでいいのに、少しでもセシリィの気持ちを軽くしてくれようとしたのだろう。

彼は聡明でセシリィよりもうんと心が大人だから。

そういうところは、昔と同じ。

『セシリィが今、思ってること全部教えて』

(私が思っていること、か……)

さわさわと揺れるバラの群生を、見るともなく眺めた。

シーラがジョエルに抱きついたとき、すごく嫌な気分になった。まだ彼に愛されていると信じて疑わない彼女の態度が不快だった。ジョエルが彼女にセシリィを「婚約者」だと言ってくれたときは――。

(嬉しい、って思ったのに、私はジョエル様を傷つけてしまったの)

美しい風景から漂ってくる甘い香りが、ほんの少しだけ心を慰めてくれる。

「失礼いたします。お茶のお代わりはいかがでしょうか?」

呼びかけに顔を向けると、クラークが立っていた。

「ありがとう。いただくわ」

「ヴァロア侯爵家のバラ園はいかがですか?」

「昨日行った植物園に引けを取らないくらい素晴らしいわ」

「ありがとうございます」

貴族にも引けを取らない優雅な一礼だ。

「……私ひとりで大丈夫よ？」

なかなか下がろうとしない彼に声を掛けると、「恐れながら」とクラークが言葉を発した。

「時間というのは、人によって感じ方が違うものだと私は思っています。ある者には途方もないものだったとしても、一方ではまたたきほどの感覚だったということはよくある話でございます。セシリィ様は、なぜそのようなことが起こると思われますか？」

脈絡のない質問の意図がわからず困惑しながらも、セシリィは答えを探した。

「充実感かしら？」

「素晴らしいお答えですね。いかに濃密な時間を過ごしていたかで、感じ方は変わってくるものです。かくいう私も趣味に没頭していると、寝食を忘れてしまうことがございます」

そう言って、クラークが懐から出したのは、見事な刺繍が施されたハンカチだった。見たことのある風景に、それがこの庭園のバラ園を模しているのだと気がつく。

「もしかして、あなたが刺したの？」

「若かりし頃は、よく父に叱られました。針を持つ暇があるなら剣の腕を磨けと怒鳴られ、自分を欠陥品だと思っていた時期もございました」

クラークの立ち居振る舞いといい、過去の話といい、彼はもしかしたらどこかの貴族の子弟だったのかもしれない。

「話が逸れてしまいましたね。私が知るジョエル様は、苦労人ではありましたが、前を見続けるたくましさがございました。自分で選んだ道だからこそ、貫き通す覚悟があったのでしょう。信じた我が道を行く者は、ただ歩いている者にはない強さがあります。それは、以前のジョエル様にも通じることだったのではないでしょうか？」

はっとした。

セシリィは今まで、ジョエルに対する違和感にばかり目を向けてきたからだ。

アドルフも民のために尽力していた。その姿勢は、ジョエルとなってからも変わらないものだったのだ。

（なんだ、そうだったのね）

ジョエルの中にあるアドルフの存在を、ようやく実感できた気がした。

「侯爵となられたジョエル様は、すでに新たな事業に着手しております。テランス様は融通のしすぎではと難色を示しておりますが、セシリィ様のご実家との取引ということもあり、大目に見ることにされたようです」

思いがけない情報に、セシリィは目を丸くした。

「では、両親はジョエル様がヴァロア侯爵であることを知っているの？」

「そちらはご本人からお聞きになってはいかがでしょう？」

クラークの意味深な言葉に目をまたたかせれば、テラス越しにジョエルが佇んでいた。

金色の髪を風になびかせる憂い顔のジョエルは、心なしか元気がない。いつもの溌剌とした感じがしないのだ。

（今日もお出かけになったはずでは？）

いつの間に戻ってきたのだろう。

「ジョエル様」

呼びかけると、ジョエルがびくりと肩を震わせ、くしゃりと美貌を歪めた。

「ごめん、時間が欲しいと言われたのに……待てなかった」

しおらしい姿は、叱られた子どもみたいだ。可哀想な様子に、セシリィは「いいの」と苦笑する。

「そっちに行ってもいい？　話がしたいんだ」

「ええ、どうぞ。……私もあなたと話がしたい」

クラークが無駄のない動きで、またたく間に向かい側にジョエルの席を作った。

話がしたいと言ったけれど、何から話そう。

「……この間はごめんなさい。私が無神経だったわ」

気まずい沈黙のあと、セシリィが口火を切った。

「それは、本当にもういいんだ。セシリィがそういう子だってわかってるから。目の前で助けを求められれば、手を伸ばさずにはいられない。そうなったのはあの事故から？」

「そうね。——とても後悔したもの。私にできることがあるなら、なんだってやろうと思っていたわ」

「うん。セシリィの十年は献身ばかりだった。……どうして、十年も俺を待ち続けることができたんだ？　自分のせいだと思っていたから？」

あの事故でセシリィは、みんなからかけがえのないものを奪ってしまった。その思いは今も変わらない。

（私は、アドルフ王子の帰りを待っていたの）

だからこそ、ジョエルとなって戻ってきた彼を見ても、嬉しかったのに素直に喜べなかった。ユリシーズのように、すぐに気持ちを切り替えることができなかった。

（それはなぜ？）

アドルフが王子として戻ってくることで、セシリィが傷つけた人たちが癒やされる。

あれは、セシリィが神の怒りを買ったことで起こったことだ。

だから、断罪される覚悟もできていた。

いつ死が確定するかわからない身に、贅沢なんてなんの意味もなかった。

　それよりも、子どもたちを育てることの方が、セシリィには重要だった。子どもは国の宝だからだ。彼らはいずれアドルフが王になったとき、力となってくれる民になるはず。

　アドルフの生還を信じ、彼のために祈る変化のない日々は、セシリィにとって苦痛ではなく、安らぎであり希望だった。

　だから、いくらでも待っていられたのだ。

「私はずるいの」

「ずるい？」

　反芻（はんすう）されて、セシリィは頷いた。

「アドルフ様を待っていると言いながら、本当はずっとあの場所にいたかっただけなの」

　言葉にしたら、涙が出てきた。

「それが、俺を待ち続けた理由？」

　問いかけに、セシリィは小さく頷いた。

「あなたの無事を毎日祈りながら、一日の終わりには、見つからなかったことにほっとしたわ。だって、あなたが見つからない限り、私は今の生活を続けることができるんだもの。こんな私でも、子どもたちは必要としてくれる。罪人が聖人ぶったところで、罪に汚れた手は清められはしないのに、私はあの子たちの成長していく姿を見たかった。そうしたら、死ぬのが怖くなったんだわ」

下げたくなる視線を、セシリィは必死にジョエルに向け続けた。

吐露した気持ちこそ、目を逸らし続けてきたセシリィの本音だ。

あの教会は、セシリィにとってつかの間の理想郷だった。

辛い現実から目を背けても、誰にも責められない。セシリィの犯した罪を咎められることのない、両親が作ってくれた場所。

でも、そこに逃げ続けることは贖罪から逃げることでもあった。

王子アドルフが戻らなければ、十年前の事故で負ったみんなの心の傷は消えない。

だからこそ、ジョエルがアドルフであることを受け入れられなかった。

(――なんて身勝手だったの)

名前や生き方が変わっても、彼がアドルフであることは変わらない。

そのことに気づくのに、セシリィはどれだけ遠回りをしたのだろう。その間、どれだけ彼を傷つけてきたのか。

ジョエルの疑問に対し、ありのままの気持ちを伝えることこそ、彼への誠意なのだと信じたい。

「十年経って現れたあなたは、アドルフ様ではなくなっていた。あなたは私を愛していると言うの。ただあなたを待っていたからという理由で。それは本当に愛なの？」

「愛してるよ。誰よりも優しい君を愛している。どんな理由だろうと、セシリィだけが俺を求め続けてくれてたんだ。俺の居場所を作ってくれていた。それがどれだけ嬉しかったか、きっと君にはわからない。子どもたちのためだと言うのなら、祈ることなんて止めてしまってもよかったんだ。何もかも忘れて、教会で穏やかに暮らしていればいい。けれど、君はそうはしなかった。毎朝、俺を捜しに海へ行くのだって、誰にでもできることじゃない。君が生きるために俺を理由にしたのは、間違いなんかじゃない。それでいい。それでよかったんだ」

「そんな……嬉しいだなんて、言わないで。私なんかに優しくしないで。あなたは私を詰っていいの。なんてことをしてくれたんだと言われて当然なのに」

こんな自分勝手な者を、ジョエルは許すというのか。

セシリィの愚行を肯定してくれるのだ。

「今だけ、アドルフって呼んでもいいよ」

心に染み入るような慈愛に満ちた微笑は、セシリィがよく知るアドルフのもので、溢れる涙が止まらない。

泣きじゃくるセシリィの頭を大きな手が撫でた。

「君を詰るなんて、するわけないだろ」

でもそう言ってくれないと、許されていると勘違いしてしまう。

「ありがとう、セシリィ。俺に自由をくれて」

信じられない言葉に、セシリィは何を言われたのかもすぐには理解できなかった。茫然自失で、食い入るようにジョエルを見つめた。

「何を言って――」

青藍色の瞳に、泣き濡れたセシリィが映っている。

「ありがとう、俺の生還を信じてくれて」

「ジョエル様、違うわ」

「ありがとう、俺を忘れないでいてくれて」

「ジョエル様!」

悲鳴みたいな声で叫ぶと、ジョエルが嬉しそうに笑った。

「ありがとう、俺をジョエルと呼んでくれて」

「あ……」

以前の自分なら、きっとアドルフと言っていただろう。

けれど、咄嗟に出てきたのはジョエルの方だった。

それは、彼をジョエルとして受け入れたということ。

「私……」

まばたきのたびに頰を伝う涙を、ジョエルが指で拭ってくれた。

「……うん。もういいよ。苦しまなくていい」

そんなセシリィを、ジョエルが優しく抱きしめた。

「君が背負う罪なんて、最初から一つもないよ。君は誰の怒りも買っていない。海に出たのは俺の判断で、嵐に遭ったのは不運な事故だ。俺はあの事故で何も失ってはいないし、この国だって次代の王をルベンと定めたじゃないか」

赤子をあやすように、ジョエルがぎゅ、ぎゅっと抱きしめる腕に力を込めた。

「だから、もう謝らないで」

「……う、ん」

「ほら、顔を上げて。笑顔を見せて」

そう言って、ジョエルがセシリィの顔を上向けさせた。

見上げた先にある青藍色の瞳は、涙に濡れていた。

「どうしてあなたも泣いている、の？」

「どうしてだろうね」

はにかむジョエルが、またセシリィの涙を手のひらで拭った。

「なんだか、初めてあなたを見た気分だわ」

「それじゃ、挨拶をしなくちゃね」

「はじめましてと言えばいい？」

軽い口調にくすくすと笑うと「いいね」とジョエルも笑った。

「はじめまして、こんにちは。俺はジョエル・ヴァロア。君の名前を教えてくれる？」

彼と初めて会ったときも、こんな会話をした気がする。

「私はセシリィ・ルモントンよ」

叶うなら、最初からやり直したい。

今度こそ、ジョエルと向き合いたかった。

「教えて。王子様でいるのは、辛かった？」

おそるおそるジョエルの髪に触れた。

それは、シーラに会わなければ、あのとき聞けた質問だった。

「……ん」

添えた手にジョエルが甘えるように頭を擦りつける。

「あの頃は、誰も俺を見てはいなかった。みんなの目にはアドルフという王子しか映ってい

なかった。ちゃんと俺は存在しているのに、透明人間になった気分だったよ。——息苦しくて、逃げ出したかった。王座など微塵の興味もなかったんだ。煩わしいだけの権力も地位も、重いばかりの責務も捨てて、自由になりたかった。いつかセシリィにも俺が見てきたものを見せてあげたい。昔、読んだ冒険物語のような風景が、世界にはあるんだ。どこまでも続く海原や、見渡す限り砂で覆われた大地を。そこに沈む雄大な太陽を見ていると、自分の小ささを痛感させられると同時に、無限の可能性をも感じて活力も湧いてくるんだ。あっという間の十年だったよ」

時間の流れる速さはその濃密さによって変わってくるとクラークは言っていた。セシリィの長く苦しい十年は終わったのだ。

「見てみたいわ」

「一緒に行こう、セシリィ」

涙声で囁かれる名前に、セシリィは目を閉じた。

唇に触れる柔らかな感触は、少しだけしょっぱかった。

――はじめまして、こんにちは。

改めて呟いても、嬉しくなる。

こんなにも歓喜に満ち溢れるのは、セシリィと気持ちを通じ合わせたからだろう。

できれば、セシリィと情熱的な時間を過ごしたかったけれど、あのあと、セシリィは抱きしめている間に眠ってしまった。

（まぁ、これからはいつでもできるし）

なんて、心の余裕すら出てくるのは、セシリィの心に触れることができたからだ。

ようやく、彼女は自分と同じ方向に目を向け始めた。

これから何をしよう。

もっとセシリィに世界のいろいろなものを見せてあげたい。昔は海の向こうにあるものを知りたがっていたから、いずれそんな欲求も生まれてくるはずだ。

（楽しみだな）

弾む心は、セシリィとの幸せな時間をいくらでも妄想させる。

揚々と執務室の机に脚を投げ出した途端、書類の山が崩れた。

クラークによって重要度の高いものから積まれているが、それでも一晩で目を通すには不可能な量ではないだろうか。

ジョエルが早速書類に目を通していると、クラークが軽食を持って入ってきた。

「あまりご無理をなさらないように、とテランス様より伝言を預かっております」

「こんなのは無理のうちに入らないよ。ルモントン公爵家との取引も準備段階に入っているし、今のうちにやれることはやっておきたいだけだ。セシリィと結婚すれば、しばらくは彼女との時間で一日が終わるだろうからね。早く、あのマシュマロみたいな胸を一日中堪能して過ごしたい」

「テランス様も奥様を娶られてしばらくは、使い物になりませんでした。毎日、奥様にお尻を叩かれて仕事をされておりました頃が懐かしゅうございます」

クラークは、テランスが侯爵だった頃から右腕として業務を支えていた男だ。彼が引退するに当たり、ジョエルの指南役件補佐官となり働いてくれている。

「失敬だな。俺は尻を叩かれる趣味はないよ」

「性癖とは個性でございます」

軽口を言い合いながらジョエルは、ふと書類に書かれてある事項に目を止めた。

「奴隷の密輸か。気に入らないな」

奴隷制度を廃止する国は年々増えている。アネルデン王国も数年前に法改正をして奴隷制度を撤廃したが、闇市での取引が続いている状態だ。

奴隷は愛玩用から労働用と多岐に渡る。摘発しても氷山の一角であり、実情は奴隷商とのいたちごっこをしているのが現状だ。

テランスも奴隷制度には難色を示しており、ジョエルも同意見だった。

今回の報告書は奴隷を密売しようとしている船舶の情報についてのものだ。

「クラーク、この船について詳しく調べてくれ。アネルデン王国に寄港した場合は監視をつけるように」

「かしこまりました」

奴隷商がてっとりばやく奴隷を手に入れる手段が、孤児院だ。親のいない子を引き取るか、拉致するかで奴隷を補充し、競売にかける。

奴隷商が集まってくるということは、国の衰退をも表している。

この国の行く末は、ジョエルのあずかり知るところではなくなったが、貿易商として奴隷船の横行は見逃せない。

「バルセロ商会ね」

聞き覚えるある名前に、ジョエルは鼻で笑った。

かつては豪商として幅を利かせていたが、代替わりした途端に、翳りが見え始めているという。商会の長がシーラの夫でもあったはず。

暴力を受けているなど、でまかせもいいところだ。

セシリィは信じかけていたが、ジョエルは彼女の言葉が嘘塗(まみ)れであることを、経験から知っていた。

本当だったとしても、ジョエルの知ったことではない。

しかるべき所管へ助けを求めればいい。

(大人しくしていてくれればいいが)

嫌な予感ほどよく当たるのは、なぜなのだろうか。

貿易とその分野において湧いてくるだろう虫を駆除するのも、ジョエルの仕事だ。早めに手を打っておくに越したことはなかった。

【第五章　恋に気づく】

「ま、待って。そんなに急がなくてもパン屋は逃げないわよ⁉」

「欲しいパンはなくなるだろっ」

いつから、彼は食いしん坊になったのか。

お気に入りのパンを手にするために駆け出す彼は、宝物を探しに行く少年みたいな無邪気な顔をしていた。

外に出ると、ジョエルは生き生きとしている。この姿が、本来の彼なのだろう。

見た目はアドルフでも、中身が思い出の彼と合致しないはずだ。あの姿こそ、ジョエルが作り出したアドルフ王子という偶像だったのだ。

ギイの店でパンを買ったあと、セシリィたちは前回も行った噴水広場へ向かっていた。

改めて、二人の時間をやり直すことになって、セシリィたちはいろんなことをした。

公園の池でボートに乗ってみたり、お屋敷のバラ園でピクニックもした。童心に返ってバラの群生が作る迷路で鬼ごっこをしたり、隠れんぼもした。くたくたになるまで遊んで笑い転げる時間はあっという間で、心が満たされていく。ジョエルから、実は甘い物が苦手だったと告白され、セシリィは彼のために、甘さ控えめの焼き菓子を作ったりもした。ジンジャークッキーは「商品化できるよ！」と絶賛されるほどジョエルに好評で、そのあとも何回も作ってほしいとねだられた。

夜は、ジョエルがいそいそとセシリィのベッドに入ってきては、嬉しそうにセシリィを抱きしめて眠る。その甘えてくる姿があまりにも可愛くて、セシリィはまだ一度も彼を拒み切れていない。

（どうしよう。ジョエル様が可愛いの）

彼との距離が近くなるほど、ジョエルを意識してしまう。

以前、アドルフに感じていた親愛ではなく、もっと特別な感情がむくむくと胸にこみ上げてくる。

――愛おしい。

笑ったり、喜んだり、甘えてきたり、ときには拗ねたりと、ころころと変わる彼の表情は忙しい。

思わず手を伸ばして抱きしめたくなるこの気持ちは、なんなのだろう。

もっと彼のいろいろな表情を見てみたい。

ベッドの中で話してくれる、行商時代の思い出話に出てきた他国の遺跡や鍾乳洞は、昔大好きだった冒険物語に登場する場面みたいでわくわくする。そんなところにジョエルと一緒に行けたら、きっと楽しいに違いない。

けれど、心の距離が縮まると、ジョエルとの触れ合いは優しいものだけになった。以前のような官能を刺激するものではなく、慈しみ溢れる抱擁ばかり。口づけだって唇が触れるだけだ。

だが、とてもではないが恥ずかしくて理由なんて聞けるわけがない。

シーラからは、あれきりなんの音沙汰もなかった。

気にはなるが、ジョエルが関わる気がないのなら、セシリィが口を出すわけにはいかない。

パン屋に行ったとき、ギイが少し気になる話をしていた。

この辺りで、子どものスリが頻繁に現れるようになったというのだ。

「そういえば、私たちが噴水に落ちたのも、子どもに押されたからよね」

話している間も、ジョエルの口にみるみるパンが消えていくのは、見ているだけで気持ちがいい。

「ジョエル様って、大食漢よね。それだけ食べても太らないなんて羨ましいわ」

すでに三つパンを平らげている彼は、四つ目のパンに手を伸ばしている。屋敷ではそうでもないが、街へ出ると嬉しそうに買い食いをするのだ。

「昔、抑圧されてた反動じゃない？　今は最低限のマナーを守っていればうるさく言われないし、何より美味しい。そういうセシリィは小食だな。たくさん食べないと大きくなれないよ」

「これ以上、身長は伸びないわ」

「いや、もう少し胸以外もふくよかでも……痛っ、すみません」

思わず脇腹をつねってやれば、びくりとジョエルが身を捩った。

「セシリィ、遠慮がなくなったね。慎ましかったのも禁欲的でそそられたけど、今のセシリィも魅力的で大好きだよ」

「ありがとう、口がうまいのね」

今までは、ジョエルへの接し方がわからなかった。けれど、今は自分でも不思議なくらいジョエルという存在をすんなりと受け入れることができている。

ジョエルと話すのは、誰と話すよりも気楽で楽しかった。

「でも、子どものスリは気になるな。王都にスラム街ができたわけでもなく、別の領地から民が流れてきたという話もない。今年のアネルデン王国はどこも豊作だったはずだ」

「なら、どうして？」

子どもが犯罪に手を染めるのは、生きるためがほとんどだ。

「経営難に陥っている施設があるのかも。強要している大人が後ろにいるという可能性もある」

どちらにしろ、放っておいていいことはなさそうだ。

ただ、他国の人間となったジョエルは、どこまで関与するつもりなのだろう。

手を差し伸べたはいいが、中途半端な慈善は、子どもたちにとって貴族への不信感に繋がる場合もある。

だが、ジョエルは他国のことでも、セシリィにとっては自国の問題だ。

「セシリィはどうしたい？」

もし今、セシリィが手を貸してほしいと言えば、彼はその願いを叶えてくれるだろう。

「お父様にお伝えしてみるわ」

考えた末、セシリィが出した答えは、自国の問題は自国の者で解決するというものだった。

アドルフだったなら、積極的に関わり、問題を解決するために動いただろうが、王子ではなくなった彼にそれを願うのは、違う気がしたからだ。

ジョエルには、彼のすべきことがある。

「わかった」

満足そうな表情に、自分の判断が間違っていなかったことを知った。

（よかった）

ジョエルはセシリィが答えを出すまで待っていてくれた。その包容力がこそばゆくて、嬉しい。

最近、妙にジョエルの側にいると心が揺れる。それが嫌でないのが、また困る。気のせいか、いつも以上にジョエルが輝いて見えるのも、困る理由の一つだった。

「ありがとう」

ジョエルの腕に手を掛けたときだった。

「きゃっ！」

後ろからぶつかってきた何かによろめいた。その瞬間、腕に引っかけていたバッグが奪われる。

「えっ」

一瞬の出来事だった。

奪い去ったのは、少年だ。

「ま、待って！」

声を上げたときには、ジョエルが少年の首根っこを捕まえているところだった。

「は、離せよ！」

「駄目だ、盗ったものを返せ」

「う、うるせぇ!!」

手足をばたつかせて暴れる少年の声は、やや高い。襟足（えりあし）だけ伸びた髪を赤い紐を巻きつけて縛っていた。

よく見れば、泥棒は女の子だった。

だが、着古した服は丈が足らず、手足はもちろん、身体つきも細かった。短く切った髪も脂（あぶら）ぎっていて、全体的に薄汚れている。

「ジョエル様、やめて。乱暴なことはしないで」

セシリィは慌（あわ）ててジョエルに彼女を下ろすよう告げた。

もしかして、彼女がギイの言っていた子どものスリではないのか。

「大丈夫？　連れがごめんなさいね。でも、盗みはよくないわ。あなたどこから来たの？」

衛生状態の悪さからして、生活が困窮しているのが見てとれる。家が貧しいのだろうか。それとも、どこかの孤児院にいるのかもしれない。いや、もしかしたら、孤児院にすら入っていない可能性もある。

少女はぷいと横を向いて拗ねた。

どうやら、セシリィたちとは会話をする気はないらしい。

大人の言葉を安易に信じられないでいるのは、警戒しながら生きている証拠にも思えた。

舞い込んできた出来事に、セシリィは頭を悩ませた。

このまま、彼女を見過ごすことなどできない。

けれど、安易に手を差し伸べるのは、またセシリィの自己満足になってしまうのではないだろうか。

(どうしよう)

ジョエルを見れば、息をつきながら頷いた。

もう少し首を突っ込んでもいいと言ってくれている。

「私たちが力になれることはある？」

膝を折り、目線を少女と同じ高さに合わせた。すると、少女がキッとセシリィを睨んできた。

「……貴族なんて、あてにするわけないだろっ」

「あら、そんなこともないのよ。貴族だっていろんな人がいるもの。あなたが見てきたのは、きっと嫌な貴族ね。でも、話してくれさえすれば、現状は変わるかもしれない。たとえば、パンが食べたいとかなら、ちょうどこんなものが」

そう言って、セシリィは食べ切れなかったパンが入った袋を見せた。

ごくりと音がするほど、少女が喉を鳴らして唾を飲み込んだ。

「食べる？」

袋の中からパンを一つ取り出して、少女に差し出す。

少女は、セシリィとパンを交互に見遣(みや)ると、乱暴にパンを奪い取って逃げていった。

「あっ、これも持っていって！」

逃げる背中に叫ぶと、少女の足がぴたりと止まった。こわごわ後ろを振り返り、手にしたパンとセシリィの持つ袋を見比べていたが、未練を断ち切るように再び駆け出した。

「明日もここにいらっしゃい！　待ってるからっ」

走り去る背中に、追い縋るようにして声をかけた。

咄嗟(とっさ)に出た言葉に、自分でも驚いていた。

「大丈夫？」

膝をついたままのセシリィに、ジョエルが手を差し伸べる。

「ええ、……ごめんなさい。勝手にあんな約束して――」

あの子はシーラとは違い、本当に救済を必要としている者だと直感が告げていた。

「いいよ、俺も気になる点があったんだ。いでたちを見る限り、あの子は船に乗ってやって来ているんだろう」

「よく見ているのね。私にはそんなことわからなかったわ」

みすぼらしい麻の服にこれと言った特徴はなかったが、ジョエルには違いがわかったのだろう。

「服はアネルデン王国の孤児とそう変わらないが、髪を結んでいた紐があっただろう。特徴的な結び方をしていたのが目についたんだ。でも、だとしたらやっかいだな」

「どういうこと?」

顔を顰めるジョエルは、いつになく険しい雰囲気だった。

「他国には安い賃金で、孤児を下働きとして船に乗せる者もいる。掃除や洗濯なら子どもでもやってできないことはないからね。大人を雇うより人件費が安くつくんだ。ただ、問題なのは労働者として雇われているのではなく、奴隷として連れてこられている場合だ。奴隷制度は表立っては禁止されている分、密輸があとをたたないのが現状でね」

そう言ったジョエルの顔からは、感情が消えていた。

「なら、あの子も?」

「そういう可能性もある、というだけで確証はないよ」

少女のセシリィたちを睨みつける目が忘れられない。

不当な扱いをされていたからこそ、あの子は人間を敵と思う野良猫みたいな目をしていたのだ。

もし、商品として無理やり船に乗せられ連れてこられたのなら、助けてあげたい。

（でも、私に何ができる？）

ぎゅっとスカートを握り締めた。

「いい顔しているね」

「え？　きゃあっ」

握り締めた手を取られ、もう片方の腕が腰をさらうと、強引に立ち上がらされた。

青藍色の目がセシリィをのぞき込んでくる。

「ジョエル様？」

「ということで、明日もギイの店のパンを買い占めるとしよう」

訳知り顔で言うジョエルは、どこか好戦的でぞくぞくする。彼も海を庭とする貿易王として捨て置くわけにはいかない事案なのだ。

「いいの？　私のひとりよがりになってない？」

そう問いかけると、ジョエルは「なんてこと言うんだ」とジョエルが囁き、額を額に押し当ててきた。

「俺に申し訳ないと思うなら、ご褒美が欲しいな」

「ご褒美？　また？」

嫌な予感にひやりとすれば、ジョエルが風のような口づけをして、耳元で囁いた。

「君の胸に挟まれたい」

また何を言い出したのだろう。

せっかくのいい男も台無しじゃないか。彼はセシリィの胸にただならぬ執着を持っている気がする。

「……変態ね」

「男はみんな変態だよ」

にやりと笑う顔は、俗っぽさに塗(まみ)れている。

嫌そうに顔を顰めれば、ジョエルが弾けるように笑った。

「それはともかく、セシリィの思うとおりにしたらいいよ。どんなことになっても、俺が君を守るよ」

彼の頼もしい言葉がセシリィを後押しする。ジョエルがいれば、きっとうまくいく予感がした。

親愛とも違う、この気持ちはなんだろう。

「ありがとう、ジョエル様」

セシリィは、心を込めて彼に感謝を伝えた。


翌日も、セシリィたちはギイの店で大量のパンを購入した。

ギイは連日におよぶ大量のパンの購入に「もしや貴族の顧客がついたのか？」と喜んでいたが、事情を話すと途端に渋い顔になった。

「団長が知ったら大騒ぎしそうだな」

サリーは子どもを不当な条件で働かせることを何よりも嫌っているのだとか。働く必要があるのなら、正当な対価を払って雇う、というのが彼女の信条だ。

少女とした約束は、明日という漠然としたもので、時間までは指定していない。

本当に少女が来るかもわからない。

大人を信じていないなら、来ない可能性も十分にあった。

しかも、セシリィが少女と待ち合わせたのは、街中だ。

せめて、もう少し人目の少ない場所にするべきだったろうか。

「来ると思う？」

セシリィよりも一つ多く袋を抱えているジョエルが問いかけた。

これは、勝算の少ない賭けのようなもの。

「来てくれるまで待つわ」

すぐに信用してくれるとは思わない。けれど、こうして立っていれば、噂くらいは少女の耳に届くだろう。そうすれば、様子だけでも見に来るはず。

道行く人の中には、大量のパンを抱えたセシリィたちに何事かと声を掛けてくる者もいた。

今日は服装も目立たないものにしてあるため、声も掛けやすいのだろう。

「人に聞いて、あの子がいる場所へ行った方が早くないか？」

「これは、信頼関係の問題なの。ここで待つと言った以上、約束は守らないと」

「なるほど。セシリィの頑固さが発揮されてるわけだ」

くすくすと笑うジョエルは、楽しそうだ。

「……ジョエル様までつき合ってくれることはないのよ。私ひとりでも」

「冗談。君を街中にひとり残して行く方が何も手につかなくなるよ」

「ありがとう、優しいのね」

「好きになってくれていいよ」

ジョエルらしい軽口を、セシリィが笑って聞き流したときだ。

「セシリィ、あそこ」

ふと何かに気づいたジョエルが、視線を路地の入り口へ向けた。つられて見れば、昨日の少女がじっとこちらの様子をうかがっていた。

「よかった」

来てくれたことに、ほっと胸を撫で下ろした。

すると、少女はゆっくりとセシリィたちの方へとやって来た。

少女の後ろには、さらに小さな子どもたちが三人あとをついてきている。髪の色も顔立ちも違う子どもたちもまた、過酷な環境で暮らしているであろうことがそのいでたちからうかがい知れた。

「こんにちは、会えてよかったわ」

セシリィは、少女の前に膝をついて言った。

「約束のパンよ。昨日のパンはお口に合ったかしら？」

「……食えればなんでもいいんだよ。味なんてどうでもいい」

ぷいと横を向くも、会話をしてくれるのなら上々だ。

「たくさん用意したから、みんなでいただきましょう。あなたたちもいっぱい食べてね」

少女の後ろに隠れている子どもたちにも声を掛ければ、みんな「わぁ……っ」と目を輝かせた。

「でも、ここではゆっくり食べられないから、よかったらあなたたちのお家へ行ってもいい？」

少女はセシリィの問いかけに、一瞬迷った顔をしたが、「……駄目」と言った。

「うちら、宿無しなんだ。船で暮らしているんだよ」

（やっぱり）

なりゆきを見守っていたジョエルと無意識に頷き合う。

昨夜、ジョエルとこのあとの展開について話し合った。状況次第でセシリィは彼女たちに援助をするつもりでいた。

「だったら、噴水広場で食べない？」

「――いいよ」

「ありがとう。それじゃ、行きましょうか。みんなはぐれないように手を繋いでね」

セシリィは道すがら、マノンと名乗った少女からだいたいの状況を聞くことができた。

マノンに両親はおらず、孤児院の前に置き去りにされていたところを、院長の老女に拾われた。それからは、自分よりも幼い子たちの面倒を見ながら暮らしていたが、二年前に今の船の船長に引き取られた。

「マノンはいくつなの？」

「八歳」

　年のわりに小さな身体なのは、栄養が足りていないせいだ。その状態で自分よりも幼い子どもたちの面倒を見ることは、どれだけの負担になっているだろう。

「船にはあなた以外にも子どもが働いているの？」

「いるよ。奥様の世話をする子や、掃除洗濯をする子もいる。できるまでご飯はもらえないんだ」

　一日二食もらえることはめったになく、たいがいは一日に一食。だが、幼い子に与えられた仕事が一日で終えられるわけがなく、二日もらえないこともよくあるのだとか。

　労働とも言えない虐待的状況に、セシリィは眉をひそめずにはいられなかった。

「君はそれでいいのか？」

　マノンの隣に座るジョエルの問いかけに、マノンはパンを食べる手を止めて俯いた。

「いいも悪いも、うちらにはどうすることもできないじゃん」

「そうでもない。君が望むなら俺が力を貸してあげるよ」

　ジョエルの言葉に、マノンは胡散臭そうな顔をした。

「偉そうに。あんたみたいなちゃらそうな奴なんか足下にも及ばないくらい、うちらのご主人様は偉い人なんだ」

「なるほど、君の主人はかなりの権力者なのか」

訳知り顔になるジョエルは、悪い顔をしている。

あの涼しげな美貌の下で、どんなことを考えているのだろう。

「だから、そう言ってるだろ！」

「でも、俺もかなりの権力者なんだ。多分、君の主よりね」

「は？」

目が点になるマノンの頭を、ジョエルがくしゃりとかき混ぜた。

「まぁ、見てろ」

そう言って、ジョエルが不敵に笑った。

マノンとの待ち合わせ場所から少し離れた場所で待機していたヴァロア侯爵の馬車に、マノンたちは目を丸くしていたが、おかげでジョエルの言っていることが嘘ではないと信じてくれた。

「君の乗っている船に案内してほしい」

ジョエルの願いに、マノンは戸惑いながらも承知してくれた。

港に到着すると、マノンの主だという男が所有する船の周りだけ騒がしくなっていて、大勢の兵士に取り囲まれていた。

「これはいったい、どういうことだ！　責任者を呼べ!!」

兵士に囲まれ、がなり立てているのは異国の服を着た恰幅のいい中年の男だ。それより少し離れたところに、見覚えのある人物がいた。

（あの人は……）

シーラはジョエルの顔を見るなり、ぱっと怯えていた顔を綻ばせた。

「あぁジョエル、来てくれたのねっ！」

まるで待っていたと言わんばかりに駆け寄ってきた。儚げな姿は窮地に立たされた物語のヒロインのよう。

ジョエルはこのことを知っていたのか、彼女を見ても眉一つ動かさなかった。

シーラはセシリィを見ると、途端に嫌な顔をした。

「あなた……、まだいたの」

露骨な態度は、自分たちの物語に入ってくるなと言わんばかりだ。どうして前回は気がつかなかったのだろう。露出の多い異国のドレスを纏う彼女の肌は艶めいていて、暴力の痕跡など微塵もなかった。

ジョエルの言い分が正しかったのだ。

嘘までついてジョエルとの復縁を望んだのは、やはり彼の手にした地位と財力のせいだろう。

彼が一介の行商人だったときは弄んで捨てたくせに、爵位を持ち、貿易王という肩書きまで継承したと知るなり手のひらを返し、媚びてくるような人の好きにはさせない。

かつては、シーラが主役の物語だったかもしれないが、そんなものはもうどこを探しても存在しない。

彼女は脇役。

(だって、ジョエル様は私の……)

セシリィは、スカートの裾を持ち、令嬢らしく礼を尽くした。

だが、名乗る前に、シーラが痛ましい表情になった。

「あなたが可哀想だわ。わからない？　彼は心の底では今でも私を愛しているの。だって、あなたと私はよく似ているもの。きっと私が恋しくて、一時の慰めであなたに手を伸ばしたんだと思うの。私の身代わりさん、今までご苦労様。けれど、本物がいるなら、あなたは用なしなのよ」

いったい、シーラの頭の中はどうなっているのだろう。

どこをどう解釈したら、セシリィがシーラの身代わりになるのか。

けれど、彼女を見て抱いた既視感の理由がこれでわかった。

確かに容姿はいくつか共通点はある。

髪や瞳の色、背格好もセシリィと同じくらいだ。

だからと言って、ジョエルがそんな理由でセシリィを選ぶわけがない。以前のセシリィなら、彼女の言葉に揺らいでいたかもしれない。

けれど、セシリィはジョエルがくれた、セシリィへの愛の言葉を信じている。それは、干上がった泉に落ちる雫のようにゆっくりと染み入り、心を満たしてくれた。

おかげで、彼女の嘘に動揺なんてしない。

「いいえ、用なしなのはあなたです。私はジョエル様の妻になりますもの。ところで、あなたはどなたですの？　誰の許しを得て、私に話しかけているのかしら」

ゆっくりと首を傾げてみせれば、シーラはみるみる屈辱に顔を赤らめた。

「あ、あなたね！　私を知らないのっ」

「ジョエル様はご存じ？」

問いかけると、ジョエルが面白そうに目を輝かせていた。青藍色の瞳に挑戦的な光を宿している。

「さて、私もよく存じ上げないんだ」

名のりもしない不調法者を認識してやるほど貴族社会は甘くないことくらい、俗世から離れて長かったセシリィでもわかる。

だが、シーラに言葉を掛けてしまうようでは、セシリィはまだまだ甘いのだろう。

「ですわよね。それでは、参りましょうか。ご用事はあちらの方にあるのですものね」

「時間を無駄にしたね。行こう」

差し出された腕に、そっと手を掛ける。反対の手は、怯えているマノンと繋いだ。

「待ちなさいよ！」

そんなシーラの罵声(ばせい)に気がついた中年の男が、ジョエルを見つけるなり、目くじらを立てた。

「お前……、ジョエルか！　まだシーラにつきまとっているのかっ」

兵士をかき分け、ずかずかとジョエルに近づいてくる。

「旦那様、お待ちになって！　仕方ないのっ。だって私たち愛を止められないんですもの」

シーラもたいがいなら、男も負けていない。

いったい何を見せられているのかと呆気(あっけ)に取られてしまう。

「さて、どういう意味かな。バルセロ殿」

ジョエルもまた一歩踏み出し、セシリィたちの前に立った。

「私にかまう余裕があるのか？　あなた方は、交易法違反、及び奴隷密輸、幼児虐待を行っていたとして検挙される」

「私がなぜ――っ」

呻くように言うと、バルセロはセシリィの後ろに隠れて怯えているマノンに気がついた。

「お前かっ、孤児だったお前を引き取り、育ててやった恩を仇で返したのかぁ!!」

きっとバルセロは、こんなふうにマノンを叱っていたのだ。

尋常でない怯え方が、それを証明している。

「幼子に不当な賃金で過酷な労働をさせることを養うとは言わない。貴様のしたことは紛れもなく犯罪だ」

「孤児をどう扱おうがお前に関係あるのかっ！」

「すべて己の身から出た錆だ。法の裁きを受けて、出直すべきだな」

「誰が、お前程度の若造に――っ！」

そこへ、兵士のひとりが近づいてきた。

「ヴァロア侯爵、ご足労いただき恐縮です」

ジョエルの身分を知った男は、ヴァロア侯爵の名に顔を青ざめさせた。

自分が今、誰に盾突いているのか、ようやく自覚したのだろう。

あんぐりと口を開けた顔は、目にした事実を受け入れられずにいるに違いない。

貿易王であるヴァロア侯爵に目をつけられ、無事でいられるわけがない。この先、男の末路は知れていた。

それは、シーラも同様だ。

身柄を拘束され、兵士たちに押されるように護送車に乗せられていく。まだ茫然としている男とは反対に、シーラは声を張り上げジョエルを呼び続けていた。

「待って、触らないで！　ジョエル、ジョエル助けてっ」

どれだけ懇願されても、ジョエルは表情一つ動かさなかった。

船からは、不当に働かされていた子どもが続々と出てきた。彼らはみな怯えた様子で、肩を寄せ合っている。

やって来た兵士がマノンも迎えに来た。

「……うちらは、これからどうなるの？」

不安そうな呟きに、ジョエルは「大丈夫だ」と答える。

「力を貸すと約束しただろう。君は何がしたい？」

問いかけに、マノンが視線を落とす。

「……海は好きなんだ。だから、船には乗っていたい」

「聞き入れた。善処しよう」

「……貴族の言うことなんて、当てになるのかよ」

皮肉を言うマノンに、ジョエルがにやりと笑う。

「貿易王の名にかけて誓おう。マノン、君は幸せになれる」

誓いという名の激励に、マノンが不思議そうに目をまたたかせた。

それから、ははっと笑った。

「パンくれたし、一回くらいは信じてやるよ！」

なんとも憎らしくはあるが、それはマノンなりの感謝の気持ちだったのだろう。

「じゃあな！」

別れ際に見せた子どもらしい笑顔が、印象的だった。

兵士たちが引き上げていくと、港は静かになった。

「行ってしまったわね」

なんだか、嵐のような出来事だった。

「教会が懐かしくなった？」

「少しだけね。みんな、どうしてるかしら」

「会いに行きたい？」

問いかけに、セシリィは少し考えたのち「そのうちね」と小さく笑った。

すると、ジョエルが虚を衝かれたような顔をしていた。

「どうしたの？」

「いや、てっきり帰りたいと言うかなと思ってたんだ」

以前の自分なら、そう言っていただろう。言わずとも、心の中では思ったかもしれない。

「あそこは私のいたい場所ではなくなったもの」

「ならば、今セシリィのいたい場所はどこ？」

セシリィはジョエルを見上げた。

青藍色の瞳に期待の色が宿っている。

「ジョエル様の隣。私もあなたと――きゃあっ」

最後まで言えなかったのは、ジョエルに抱きしめられたからだ。

「ジョエル様⁉」

「君はどこまで俺を骨抜きにするつもり？　さっきもシーラの前であんな格好いい姿で最高の殺し文句、死ぬかと思った。本当、度胸あるよ」

「あ、あれは！　あの人が、今もあなたが自分を好きなんだと言うから腹立たしくなって」

渡したくない、と思った。

一時でも、ジョエルの心がシーラにあったことが悔しかった。

過去の恋なんて気にしない、なんて今は思えない。

ずっと自分だけを見ていてほしい。

(あぁ、そうか。これが嫉妬なんだわ)

誰かに盗られたくないと思うのは、ジョエルのことが好きだから。

兄のように慕う親愛ではなく、独占したいという強い恋慕。

自分はとっくにジョエルを好きになっていたんだ。

青藍色の瞳を、間近で見つめる。

アドルフでも、ジョエルでもある人の見せる切なげなまなざしに、胸がきゅうっと切なくなった。

彼を癒してあげたい。

一緒に過ごしてわかった。ジョエルは教会の子どもたちと同じで、愛情に飢えている。

思わず彼の頭をかき抱くと、ジョエルもまたセシリィに縋りついてきた。

(ごめんなさい)

ずっとひとりぼっちにしてしまって。

辛いときに側にいたかった。苦しみを分けてほしかった。あの頃の自分は幼すぎてきっと一緒に泣くことくらいしかできなかっただろうが、それでも彼に言い続けることはできたはず。

私はずっとあなたの側にいる、と。

抱きしめる背中は、とても大きいはずなのに、今だけは幼子のように思える。

髪の中に手を埋め、かき混ぜるようにジョエルの頭を撫でた。

「慰めて」

甘える口調がたまらなく愛おしかった。

「どうしたらいい？」

ゆっくりと頬を撫で、ジョエルの輪郭を確かめる。うっとりと目を閉じる姿は、綺麗な猛獣に甘えられているみたいだった。

「あなたは何が欲しいの？」

なだめるように、何度も頬を撫でる。

「おっぱいに埋もれたい」

「……」

今、確信した。ジョエルは真性の変態だ。

しかも、どんどん言葉選びが卑猥になっている。

けれど、そんなジョエルも愛おしいと思う自分は、自覚している以上に彼に溺れているのかもしれない。

「いい、わ」

今すぐにでも顔を覆ってしまいたいほど恥ずかしい。けれど、捨てられた子どもみたいな顔をする彼をどうして放っておけるだろう。

両手で彼の頰を包み、そっと胸に押しつけた。

「……もっと」

目を閉じたままの催促に、セシリィは応えた。

密着している部分が熱を帯びてくれれば、じわりと身体の奥底で首をもたげる感情があった。

「まだ？」

心なしかセシリィの声も熱っぽくなっている。

問いかけると、次の瞬間、身体が折れるほど強く抱きしめられた。ジョエルがめいっぱい息を吸い込む。

「や……っ」

思わず抵抗すると、顔を上げたジョエルに唇を奪われた。

「ん……っ」

口腔(こうこう)に侵入してきた舌に翻弄される。初めてではないのに、舌先で撫でられるたびに身体がびくびくした。

「ふ……ん、んぁ」

ずるりと身体がずり落ちる。ジョエルの足の上に腰を下ろす格好になっても、互いに口づけを止めようとはしなかった。

今までにはなかった感情が溢れてくる。

今、初めて彼に触れたような感覚すらあった。

（ジョエル様……っ）

湧き上がってくる想いに身を任せれば、一層口づけにも熱が入る。ジョエルの手がセシリィのスカート越しに臀部を撫でた。

「だ……めっ」

自分たちがどこにいるかを思い出し、セシリィは不埒(ふらち)な手を摑んで拒んだ。

「今すぐ君を抱きたい」

臀部を鷲摑(わしづか)まれ、ジョエルが一層身体を密着させてくる。布越しでも伝わる彼の欲望の印に、セシリィは羞恥に顔を赤らめた。

あぁ、やっと触れてくれる。

ジョエルをもっと感じたいという欲求が勝れば、身体は勝手に動いていた。

頷いたセシリィを横抱きにしたジョエルが、急いで馬車に乗り込む。

その間も、ジョエルはセシリィを膝の上に載せ、離そうとはしなかった。

お屋敷へ戻ると、ジョエルはセシリィを抱いたまま一直線に寝室へと向かった。

「誰も近づけさせるな」

クラークに言い置くと、荒々しく扉を閉めた。

まだ日は高い。

ベッドに下ろされたセシリィは、きゅっと胸元の服を摑みながら、のしかかってきたジョエルを見上げた。

「最後までしていい？」

直接的な誘い文句に、彼の逼迫（ひっぱく）した感情が伝わってくる。

けれど、駄目なんて言いたくなかった。

（だって、私も欲しい）

今、ジョエルに感じているこの気持ちは、紛れもなく愛だ。

「ジョエル様、来て……」

彼と共に歩いていきたい。

セシリィの胸に灯った願いも、ジョエルがいてこそのもの。

腕を伸ばすと、ジョエルがくしゃりと泣きそうな顔になった。

「どうして、俺を呼ぶの？」

あぁ、そうか。自分はまだ一度も想いを口にしてはいなかった。

「好き……になったから」

アドルフではなく、ジョエルと過ごした中で彼を好きになった。一緒に生きたいと思うのも、ジョエルだからだ。

ジョエルが伸ばしたセシリィの手を取り、震えながら握りしめてきた。

「もう一回言って」

泣きそうな声に胸が詰まる。

「あなたが好き」

そう告げた直後、ジョエルの目から涙が零れ落ちてきた。

「先に謝っておく。優しくはできない」

セシリィをベッドに押し倒し、覆い被さりながらジョエルが告げた。発した声がすでに滾(たぎ)る想いに掠(かす)れている。

(やっと、俺のものになるんだ)

この瞬間を待ち望んでいた。いや、夢見ていたと言っても過言ではない。

一つにくくった茶色の長い髪を手に取り、そこに口づける。

ふわりと鼻孔(びこう)をくすぐったのは、菓子の甘い匂いだった。

令嬢たちのような強烈な香水とは違う優しい香りが、セシリィらしい。

「好きだよ」

だから、早く俺でいっぱいになればいい。

小さな顔をなぞるように撫で、口づける。散々してきた成果なのか、セシリィから唇を開いてくれた。遠慮する理由もなく舌を差し入れれば、「ん……」と鼻に抜けるような小さな声がした。

(可愛い)

許嫁(いいなずけ)として会っていたのは、王子としての責務から。けれど、すぐに小さな令嬢は、年の離れた妹みたいになった。

『アドルフ様！　私、お船に乗ってみたいですっ。アネルデン王国の船はとても大きくて速いのでしょう？　私、いつか海の向こうへ行ってみたいんです！　きっとアネルデン王国の船なら一日で往復できるだろうし、そうしたらもっともっとたくさんの人がやって来て国も賑やかになりますね！　だって、アネルデン王国にはたくさん素敵な場所がありますもの』

セシリィは、そんな夢物語を語ったことすら忘れているだろう。

他国に依存しなければ生きていけない国は、弱い。だが、国王である父は保守的で、現存する資源だけでは将来、国が維持できないことを認めたがらなかった。

民の暮らしを守るためには、新しい産業が必要だった。

観光に目を付ける彼女の無邪気な願望は、アネルデン王国の理想的な姿でもあった。

そんな彼女から笑顔を奪った、あの水難事故。

王家の判断が間違っていたとは思わない。

だが、やりようならいくらでもあったはずだという口惜しさも感じた。

まさか、自分の葬儀をこの目で見ることになるなど、思ってもみなかったが、王族という枠組みから完全に離れられたことに清々している自分もいた。

腕の中で、セシリィを囲いながら、華奢な身体に自分のものだという赤い印を付けてくる。

「セシリィ、可愛い。大好きだよ」

自分自身、ここまで彼女にはまるとは思っていなかった。

十年もの間、セシリィだけがアドルフの生還を信じ続けてくれていた。令嬢という身分にもかかわらず、領地の片隅でひたすらアドルフの無事を祈るだけの十年間は、どれほど過酷だったろう。

だが、彼女の一途さにジョエルは、底知れぬ悦びを覚えた。

誰よりもアドルフのことを考えて生きていたセシリィの思考は、歪んだ形で凝り固まった。己の幸福には一切目を向けず、彼女が見ているのは他人ばかり。手を差し伸べられる者すべてを幸せにせんとする姿は、危なっかしくて、目が離せなかった。

脱がしたワンピースをベッドの下に放り投げる。

ジョエルもまた全裸になると、彼女の前に膝立ちになった。

「あまり……見ない、で」

恥ずかしいと恥部を腕で隠す姿は、劣情を煽るだけだと彼女は気づかない。

痛いくらい張り詰めた欲望が、すぐにでもセシリィの中に潜り込みたいと先端から涎を垂らしていた。

けれど、まだ駄目だ。

「セシリィ、全部見せて」

いやらしいお願いに、セシリィの顔が赤らむ。それでも、おずおずと腕を開く姿に、あることに気づいたジョエルは笑みを浮かべずにはいられなかった。

脚を撫でれば、「ひ……んっ」と愛らしく鳴いた。

「セシリィ、待ちきれない？」

媚肉(びにく)はすでに滲(にじ)み出た蜜で濡れていた。指で撫でると淡い茂みがしっとりと媚肉に張り付く。

「や……、ぁ」

主に甘える猫みたいな嬌声(きょうせい)を上げながら、セシリィが腰を揺らめかす。すると、彼女の育った乳房も揺れた。薄桃色をした尖頂(せんちょう)が、ねだるみたいにふるふると揺れる。まるでジョエルという虫を誘う淡い光みたいに思えて、思わずしゃぶりついた。

「ひ……ぁあっ、あんっ」

口の中で硬く凝(しこ)っていくものに、無心で吸いつく。まだ子を成していない身体では何も出るわけないのに、両手で乳房を絞るように揉みしだいた。

あぁ、なんて気持ちいいのだろう。

彼女を味わうのは、ジョエルにだけ許された特権だ。

「セシリィ、何も出ない」

「ごめ……んな、さ……い。すぐ……出るように、なるから……ぁっ」

卑猥な言葉を言わせるたびに、心が満たされていく。

聖女のように禁欲的だった彼女が、こんなふうに乱れるのも自分の前だけなのだと思えば、どんなはしたない言葉だろうと言わせたくてたまらなくなる。

執拗に乳房を愛撫している間も、そそりたったものは彼女の秘部にあてがっていた。

臀部を鷲摑みにして撫で回し、片足を肩に担ぎ上げれば、蜜穴まで丸見えになる。

（早く……）

ごくりと喉を鳴らしながら、溢れた蜜を指ですくいながら中に入れれば、くぷ、くぷ……と淫靡な音がした。

「……も、ちいい……。気持ちいい……の」

摑んだシーツで口元を押さえながら、セシリィが小さな声で快感を伝えてくる。細く華奢な身体がしっとりと汗ばみ、妖艶な艶を滲ませている。

透明な蜜が指を動かすたびに、わずかに飛び散る。ベッドに染みを作るそれが水飴みたいに見えて、ジョエルは身をかがめて秘部に吸いついた。

「はぁ……っ、あ……ぁ、あ」

長い吐息を吐き出し、セシリィがわずかに身体を硬直させた。ちらりと視線だけを上げれば、恍惚の表情が見える。

あぁ、彼女も気持ちいいのだ。

身体だけでなく、心からジョエルを受け入れたがっている。

その事実を目の当たりにできたことで、胸にあった空虚さが埋まっていくのを感じた。

名実共に、彼女のすべてを手に入れたい。

「ジョエル……さま」

赤く熟れた唇が、悩ましげにジョエルを呼ぶ。官能的な響きすら含む声音が、ダイレクトにジョエルの劣情を刺激した。

「……っ」

まだ触れてもない欲望が爆ぜそうになるのを、すんでのところでこらえた。

（……危なかった）

こんな愛らしい存在を目の前にして、我慢も限界に来ている。

本当はもっとじっくりセシリィの快感を高めてやりたいが、今はそれ以上に彼女と繋がりたい。早く、自分だけのものにしてしまいたかった。

濡れた口元を手で拭い、身体を起こした。

「セシリィ……」

自身のものを手で扱きながら、喘ぐように彼女を呼ぶ。セシリィの脚に手をかけたときだ。

ふと青色の瞳がジョエルをとらえた。色香に潤んだ双眸が、ジョエルを見つめている。乱れたシーツに茶色の髪を広げ、見事な曲線美を惜しげもなくさらす姿は扇情的で、ため息が出るほど美しかった。

「挿れるよ」

すると、セシリィが腕を伸ばしてきた。

(寂しいのかな?)

素直に甘えてくる姿も可愛くて、口元を綻ばせながら彼女を抱き起こそうとしたときだ。

「なに、して……」

起き上がったセシリィが、ジョエルの前で四つん這いになると、欲望に手を添えた。ジョエルの手ごと小さな手で包み込むと、赤い舌が亀頭の先端を舐めた。

「ん……」

セシリィは子猫みたいに懸命に舌を這わせた。先端からくびれ、側面まで舌の感触が伝う。

「は……ぁ、大……きい」

その瞬間、ぐっと欲望が質量を増した。

「セシリィ、咥えて」

囁いた破廉恥なお願いにも、きっとセシリィなら応えてくれる。

劣情に染まった目で見つめていると、上目遣いでこちらを見る目とぶつかった。羞恥に目を潤ませつつ、期待の光も灯している。小さな唇からは吐息が零れ出た。

己の唾液とジョエルの体液で濡れた唇の艶めかしさに、瞬時に欲望を突き立て、喉の奥まで蹂躙しながら、最後は彼女の顔面を吐き出した白濁で穢す妄想を思い描く。

現実になりかけているそれに、口端が緩むのを止められない。

愛らしい唇がうっすらと開いていくのを見て、興奮に心が沸き立つ。

熱い口腔に包まれた瞬間は、最高だった。

「ふ……ぅん……、ん」

これは、まずい。

視覚的にも、体感的にも、じゅぷ、じゅぷと音を立てながらセシリィの口腔を犯している
たどたどしい口淫は、ジョエルの半分も呑み込めていない。

現実に、頭の神経が焼き切れそうだ。

けれど、どれも悪くない。

相手がセシリィだと思うと、その初心さもまたジョエルをかき立てた。

もう先走りとは呼べないくらい溢れた透明な体液が、セシリィの口腔を満たしている。

いつ爆ぜてもいい状況に、ジョエルも余裕がなくなってくる。

「セシリィ、イきそう……」

しなやかな髪をかき混ぜながら、限界を訴える。

実際、いきり立つものはぎりぎりだった。

「離して」

まだ余裕を保てるうちに離れて。でないと、箍が外れてしまう。

なのに、セシリィは欲望に吸いついたまま離れようとしなかった。

「セシリィッ」

焦る声に、セシリィは嫌だと言わんばかりに唇を窄めて、強く吸い上げた。

思いがけない刺激に、呆気なく臨界点が突破される。

「は……ッ、く！」

彼女の頭を鷲摑みにして、口の中にありったけの精を注いだ。ずっと我慢してきた分、濃厚になったものに、セシリィは反射的に噎せた。涙目になりながら、口端から白濁した液体を零す様が艶めかしい。

セシリィがそれを指で掬い舐め取るのを見た直後、ジョエルは彼女をベッドに押し倒した。

爆ぜてもなお漲る欲望を蜜穴にあてがう。

入り口はまだ狭く、ジョエルの侵入を拒んでいたが労る余裕なんてなかった。

「ごめん……」

口先だけの謝罪と共に、先端をめり込ませる。

「あ――っ！」

くびれまで呑み込ませると、先端が引っかかりに当たった。

純潔の証であるものをひと息で破り、ずぶずぶと根元まで押し込んだ。何度もセシリィが「あ……あっ、あ……あっ」と、途切れ途切れの嬌声を零す。その目からは涙が零れていた。

「ごめんね」

どれだけ苦痛を味わわせていても、止められない。

最奥まで届くと、セシリィが小刻みに痙攣している。

「……やっと、だ」

小動物みたいな彼女を抱きしめ、律動を始める。何度も「ごめん」と「愛している」をくり返した。

「あ……は、ぁ……っ。ジョ……エル」

血が沸き立つような快感を、初めて知った。

これほどまでの幸せと充足感は味わったことがない。

初めてであることに躊躇したのは、最初だけ。一度、挿れてしまえばあとは欲望のおもむくまま腰を振りたくった。

「セシリィ、セシリィ」

馬鹿の一つ覚えみたいにセシリィの名前しか出てこない。

粘膜に包まれ、絡みつく襞(ひだ)に扱かれる刺激が熱い。痺れるような熱を孕(はら)んだそれが、じわじわと全身を侵食してくる。動悸は速くなり、セシリィに欲望を締めつけられるたびに、ぞくぞくした。

「は……っ、あん、……んっ、く。それ……感じ、ちゃう。ごりごりって」

細い身体を抱きすくめて、逃げられないようにしながら、欲望を穿(うが)ち続ける。

「セシリィ、可愛い」

白い肌を赤い印で埋め尽くさなければ。

「すき……、大好き……」

あぁ、なんて幸せなんだろう。

優しい愛の言葉を聞きながら、ジョエルは彼女の最奥に精を撒き散らした。

ピアノの音がする。

子どもたちにねだられ、セシリィがよく教会で弾いていた曲だ。

けれど、必ず間違う一音が聴こえない。流れるように、歌うように旋律は響いていた。

目を覚ませば、辺りは明るい日差しに包まれていた。

窓から入り込む春の風が心地いい。

「ジョエル様?」

アドルフとの思い出の曲なのに、自然と唇は「ジョエル」と呼んでいる。その事実が、嬉しくてこそばゆかった。

ゆっくりとベッドを下りて、ガウンを羽織る。ふらつく足元に気をつけながら、音のする方へと歩いていった。

ジョエルは隣の部屋にいた。

真っ白な大きなピアノ越しにジョエルが見える。

(綺麗ね……)

ジョエルがセシリィに気がつくと、微笑を浮かべた。

——こっちにおいで。

そう言っているような気がして、セシリィは頷いて、彼の側へ寄った。

二人で腰掛けるには十分な椅子に並んで座る。

昔もこんなふうに鍵盤の前に座っていたっけ。

ジョエルは、繰り返し同じ曲を弾いていた。

まるでセシリィが鍵盤に触れるのを待っているかのようだ。

「身体は平気？」

問いかけに、セシリィはまた頷いた。

「多分」

本当は身体のあちこちが怠くてたまらないが、それ以上にジョエルの側にいたかった。

「私ね、マノンの笑顔を見て思ったの。……子どもたちを笑顔にしたいって。こうしている間も、苦しんでいる子はいる。全員とは言わないけれど、せめて私のできる範囲で、彼らを笑顔にしたい。安心して暮らせる場所があって、甘えられる人がいる。それは子どもたちの笑顔には繋がらないかしら？」

「キエラ国に戻ったら、したらいいよ」

喜びに満ちた声に、セシリィまでも嬉しくなってくる。

「時間はたくさんあるんだ。子どもたちの施設を作ってもいいし、慈善事業を立ち上げるのもいい。そして、子どもはたくさん作ろう。何人いても世話をする手はあるんだ。晴れた日は船を出して船上ピクニックもいいね。雨の日はカードゲームをしようか。子どもたちは、勝った負けたと大騒ぎするんだろうな。父上ばかり勝ってずるいと言われたらどうしよう。そんなときはセシリィが上手になだめてくれる？」

当たり前のように未来を語るジョエルの言葉に、胸がいっぱいになってくる。

「私もあなたみたいに幸せに、なってもいい……？　神様は太陽を手の中に収めた私を許してくれるかしら」

「神様が許さなくても、俺が君を守るよ」

ジョエルの言葉に、心にわだかまっていたものがすぅっと溶けた。

これで本当に許されたのだ。

セシリィも、新たな未来へ歩き出せる。

思い描いた未来を実現するために。

セシリィは額をジョエルの腕に擦りつけた。

「ぎゅってして」

甘えるセシリィを、ジョエルが痛いくらい強く抱きしめた。

【第六章　過去との決別】

夢ができた。

ジョエルが導いてくれたからこそ、できた夢。

彼と幸せになりたいという、壮大な夢だ。

家族の温もりを知らないジョエルに、愛情がどういうものかを知ってほしい。

子どもはたくさん欲しい。

きっと、彼が想像している以上に騒がしい日常になるだろうが、笑顔の絶えない毎日にもなるだろう。

同時に、キエラ国へ渡っても、孤児たちへの活動を続けたいと思っていた。

煌(きら)びやかな社交界よりも、十年間で身体に染みついた暮らしの方が自分にはきっと合っている気がする。

聞けば、前ヴァロア侯爵夫人も社交界からは長く離れていて、もう何年も公の場に姿を見せていないのだとか。彼女は元平民で、テランスが熱烈な求婚をし続けた末にようやく結ばれた。平民と貴族との身分の垣根を越えた恋は大恋愛にも聞こえるが、夫人が現実は物語のように優しくないと知ったのは、結婚後のこと。

身分の低さが仇となり、社交界ではかなり肩身の狭い思いをしてきたことで、一時ひどく心を病んでしまい、以降表舞台から遠ざかってしまったのだ。

心が不安定になってしまったことで、子を持つことは叶わなくなったが、だからといってテランスの夫人への愛は変わることなく、現在も仲睦まじく暮らしている。今も、夫人のために世界を旅行している最中なのだとか。

「もしかして、いろんなところに別荘を作ったのは、夫人のため？」

宿屋ではどうしても貴族たちがいる。普段は顔を見せない夫人に注目を集めさせないために、テランスは行く先々で邸宅を買い、別邸としているのではないだろうか。

すべては、夫人が快適に過ごせるように。

「素朴で穏やかで、優しい方なんだ。テランス殿がそれはもう大事にしていてね、宝物なんだろうね。セシリィとは案外馬が合うかもしれないよ」

テランスは、自分の愛が夫人を壊してしまったと思っているのだろうか。もし、貴族にならなければ、夫人が心を病むこともなく、子を産み、孫の顔を見られたかもしれない。

けれど、愛する人に心から大事に思われる人生は、きっと幸せに違いない。

感慨深い気持ちに浸っていると、ジョエルが一通の手紙を出してきた。

「セシリィ、王宮からルベンの誕生パーティーの招待状が届いた。テランス殿ではなく俺宛のものだ」

その知らせに、セシリィはついにこのときが来たと思った。

「出るの？」

おそらく、アドルフに似たヴァロア侯爵のことが両陛下の耳にも入ったのだろう。

王宮からの招待であろうと、ヴァロア侯爵家は他国の貴族だ。出席を断ったところで、さほど問題にはならない。

「そのつもりだ。いい機会だろうから、このあたりで決着をつけるよ」

「決着って？」

「アドルフとの決別だ」

今の自分を見せて、完全に王家とは縁を切る。そう言いたいのだろう。

少し前の自分なら、彼の意向に疑問を抱いていた。けれど、アドルフが新しい人生を歩いていることを受け入れることができた今は、素直に聞き入れることができた。

「セシリィは家で待っていて。国王陛下に拝謁するだけだから、さほど時間はかからない」

「いいえ、私も連れていってください」

セシリィは、間髪を容れず答えた。

「いいのか？」

彼にしてみれば、思ってもみなかったことなのだろう。

聞き返した表情には、少しだけ不安の色が滲んでいた。

十年ぶりの社交場が第二王子の誕生パーティーというのは、セシリィには難しいと思ったはずだ。セシリィ自身も同意見だ。

（優しい人ね）

だが、ジョエルがアドルフと決別をするのなら、セシリィもあの事件への後悔を昇華させるべきだ。

「はい。結局、両親と面会できる目処も立っていないままだもの。王宮のパーティーなら両親も出席するでしょう？　私も会いたいわ。ジョエル様とのことも報告したいですし。それでパーティーはいつなの？」

ジョエルがもう一度、招待状に目を落とし「一週間後だ」と苦笑した。

それからは、パーティー出席のための準備で大わらわだった。

マナーのおさらいのために急きょ講師を付けてもらい、立ち居振る舞いやダンスのレッスンで、毎日があっという間に過ぎていく。

当日は、朝から準備に追われていた。

バラの香油が入った湯船に浸かり、血行をよくしてから、全身をくまなくマッサージされた。髪を念入りに梳き、体型を美しく見せるためのコルセットを身につける。トルソーにかかったドレスは、ジョエルがこの日のために作らせた一点ものだ。

セシリィは、衣装部屋にあるものを着ていくつもりでいたが、ジョエルは、このことを予測していたように青藍色のドレスをプレゼントしてくれたのだ。

ジョエルの瞳と同じ青藍色のドレスは、デコルテ回りには造花をあしらい、幾重にも布を重ねたスカートに散りばめられた小粒の宝石が光を反射しきらきらと輝いている。大輪の花のような豪華さだった。首元には何重にも連なる真珠のチョーカーを飾り、髪飾りはドレスの造花と同じ花で作られたヘッドドレス。足元を飾るのは大きなリボンがついたストラップシューズだ。刺繍入りの靴下まで用意するこだわりを見せたジョエルの意気込みが伝わってくる仕上がりは、もはや教会で子どもたちの世話をしていたセシリィ・ルモントンではない。

(これが私？)

姿身に映る自分を、セシリィは啞然として見つめていた。

「素敵ですわ、セシリィ様」

支度を整えてくれた使用人たちは、万感の思いで完成したセシリィを見つめ、感嘆の吐息を零す。彼女たちの顔は、みなやりきったことへの充実感に満ちていた。

「ありがとう、大変だったでしょう？」

「いいえ、とても充実した時間でした！　セシリィ様はそのままでもお美しいのですが、最近は一層美貌に艶も出て、可憐さの中に垣間見える妖艶さとでも言うのでしょうか。玉のような肌を前に腕が鳴りましたわ。本当にもう素敵です」

うっとりとセシリィを褒める使用人は、夢見るような目つきになっている。

他の者たちも、彼女の言葉に深く頷いていた。

これまでは、パーティーの準備は男ばかりだったから、セシリィを飾り立てることが楽しみで仕方がなかったのだとか。

口々に「楽しかったです！」「ありがとうございます！」と言われるのだから、もう笑うしかない。

鏡に映る自分だけが、初めての正装に緊張しすぎて強ばっていた。彼女たちが腕によりをかけて仕上げてくれたのだ。頑張らないと。

（大丈夫、ジョエル様も一緒なんだもの）

マナーの講師にも、社交場で十分通用するとお墨付きをもらったのだ。深呼吸して、心を落ち着かせる。大事なのは前を向いて堂々としていることだと講師も言っていた。

「準備はできた？」

そこへ、支度を終えたジョエルが現れた。

部屋に入って来た瞬間、空気がぱっと艶やかになった。

（すごい）

正装姿のジョエルに、誰もが息を呑んだ。

金色の髪を後ろに流し、惜しげもなく見せる美貌は圧巻だ。セシリィのドレスと同じ青藍色のネッククロスに金糸の刺繡で縁取られた白い燕尾服と黒のトラウザーズのコントラストは抜群で、彼の足の長さに驚いた。白い手袋の収まりが悪いのか、手首辺りを調節しながら歩く姿の醸す色香に、使用人たちの目は釘付けになっていた。

王太子となる第二王子の存在がかすんでしまいかねないいでたちに見惚れていると、彼もまたセシリィを見て立ち止まった。

「ジョエル様？」

首を傾げると、ジョエルが目を伏せ、ほうっと吐息を零した。

「綺麗だ」

飾らないまっすぐな言葉に、顔が熱くなった。

「ありがとう。こんな素敵なドレスを着ることなんて、一生ないと思っていたわ」

「こんな素敵な君が見られるのなら、何着だってプレゼントするよ」

あながち冗談でもないとわかるからこそ、笑みが零れた。

「行こうか」

そう言って、うやうやしく一礼しながら、ジョエルが手を差し出した。

「セシリィ、どうか君をエスコートさせて」

「はい、喜んで」

手を添えると、指先に口づけられた。彼の正装姿を見るのは、これで二度目。一度目は、セシリィを迎えに来てくれたときだ。

あの頃よりも、匂い立つ色香が濃くなっている。

そう思うのは、セシリィが彼に向ける気持ちが変わったからだろうか。

（素敵ね）

おとぎ話から出てきたような人が、セシリィを望んでくれるなんて、夢みたいだ。

ゆっくりと歩き出すと、ジョエルが少しかがんで耳元で囁いた。

「パーティーなんて行かずに、このまま寝室へ連れ込みたい」

「――ッ」

だが、おとぎの国から抜け出してきた王子は、やや不埒だ。

低音が告げる淫らな誘惑に、腰骨が疼いた。

「王家との決着をつけるのではないの？」

「嫌と言わないところも、好きだよ」

無意識に、抱き合うことが王宮からの招待よりも大事だと思っているのだから、自分たちはたいがい恋に溺れている。しかし、ここで欲望を選べば、当初の目的が果たせなくなる。

社交界デビューは叶わなかったが、今日の姿を両親には見てほしかった。

「困った顔も愛らしいよ。口づけたくなる」

駄目だ、まるで反省していない。むしろ、喜んでさえいる。

なんて困った人だろう。もう子どもだ。

（こうなったら……）

セシリィは人差し指をジョエルの唇に押し当てた。

「あと少しだけ我慢」

子どもたちに言い聞かせるように、宵の空みたいな色の目をのぞき込んだ。「ね？」と微笑みかければ、目を丸くしたジョエルが頬を染めながらまた吐息を零した。

「わかった」

「いい子ね」

大人しくなったことを褒めると、ジョエルは手のひらに口づけてくる。大型の獣に懐かれるとこんな感じなのだろうか。

綺麗な頬を撫で、彼の腕に手を添えた。

心なしか意気揚々として見えるのは、気のせいだろうか。

馬車に乗り、王宮へと向かうと、すでに正門を入る前から長蛇の列ができていた。

「すごいわね。みんなパーティーの招待客でしょう？」

「ようやく次の国王候補がお披露目されるんだ。今夜は国の威信のかかったパーティーだからね」

「間に合うかしら？」

「多少遅れても平気だよ」

元王族らしい余裕を見せる彼は、他人事のように言った。

（懐かしいわ）

アドルフの許嫁だった頃は、妃教育として王宮に何度も来ていた。淑女としての教養の他にも、妃として身につけなければならない作法や知識を学ぶためだ。

正門をくぐり、しばらく走るとようやく宮殿が見えてくる。

翼を広げたような左右対称の建物が荘厳としていながらも、豪奢だった。

中央の建物にそびえる円柱の塔の天辺には小尖塔が林立し、同じものが左右それぞれに建っている。アーチ状の柱廊が組み込まれた建物は、見渡さないと一望できないくらい広く大きい。正面玄関へ続く通路は噴水を中心に円形の花壇が整備され、貴族の馬車はぐるりとそれを回り込みながら、下車の順番を待っていた。

宮殿に通っていた頃がはるか昔のことに思えてくる。

セシリィの中でも、あの頃が思い出になりつつあるのだ。

そう思えるようになったのは、ジョエルのおかげだった。彼と過ごす時間の眩しさに、少しずつ罪の意識は薄れ、喜びに塗り替えられていった。

今、セシリィの心を占めるのは、ジョエルだ。

その事実に心は満ち足りていた。

「懐かしい？」

「どうしてわかるの？」

言い当てられ目をまたたかせれば、ジョエルが「君のことならなんでもわかるよ」と目尻を下げた。

「でも、少し緊張もしているわ。あなたがいなくなってからは、来ていないもの。ジョエル様こそ、大丈夫？」

「俺が緊張しているように見える？」

「まさか」

向かいに座る姿は、不安の色など微塵も感じられないほど堂々としていた。

「今さらどうということもないよ」

「……そうね」

二度と足を踏み入れることはないと決めた場所に、彼は決着をつけるためだけに戻ってきた。

ジョエルのたくましさが眩しい。

同じくらい、彼を愛おしく思った。

セシリィだけに見せる特別な彼の姿がある。そのことに優越感を覚えずにはいられなかった。

（私も、ジョエル様に恥じない自分になりたい）

彼に選んでもらえたことを、セシリィ自身が納得できるだけの自分になりたかった。

ようやくセシリィたちの乗る馬車に、下車の順番が回ってきた。

ジョエルが先に降り、続いて彼の手を借りながらセシリィも降りた。

その瞬間、辺りは一瞬静寂に包まれた。

彼らの視線が、ジョエルに向けられている。

その姿に誰を重ねているかなど、想像するのは容易い。

だが、周囲の動揺をよそに、セシリィたちは何食わぬ顔をして歩いた。

屋敷を出るときはあかね色と群青色が半々に染まっていた空も、今はジョエルの目と同じ色になっている。西の空に一番星がまたたいていた。

エスコートをされながら、宮殿の中へと入る。巨大な階段を上れば、黄金に輝く両開きの扉がセシリィたちを迎えた。

その両脇に立つ従者が、ゆっくりと扉を開く。

「キエラ国ヴァロア侯爵、ルモントン公爵令嬢セシリィ嬢」

先にパーティーが行われる大広間に入っていた招待客たちの視線が、一斉に向けられると、喧噪がぴたりと止んだ。

――アドルフ殿下……。

誰かが呟いた名が、またたく間に会場中に拡がった。

前を向く表情を引き締めれば、ジョエルが満足そうに口端に笑みを浮かべた。

豪華絢爛な広間の最奥に玉座が鎮座している。

大きなシャンデリアが天井一面に描かれた天使の壁画を照らしていた。

ジョエルを見てざわつく会場内を、セシリィたちは歩いた。

ジョエルにも聞こえているだろうに、彼は取り澄ました微笑を崩さない。

この表情をする彼を、昔はよく見ていた。優美でありながらも堂々とした姿が頼もしく、格好よかった。

だが、今はその顔が窮屈そうだと感じる。

それは、セシリィの彼への見方が変わったからだろう。

そんな中、セシリィたちに声を掛けてきたのは、両親であるルモントン公爵夫妻だった。

「セシリィ！　なんて綺麗なんだっ」

父の声に、聞き耳を立てていた来場者たちがどよめく。

――セシリィだって？　アドルフ殿下の許嫁だったという令嬢だろう？　ならば、やはり彼は殿下ではないのか？

新たな疑問と興味を駆り立てられた周囲に気づいていないのか、それとも目に入っていないのか、父はセシリィを見て大はしゃぎしていた。

ジョエルは両親を見るなり、一礼する。

「ご無沙汰しております、ルモントン公爵。公爵夫人」

「お父様っ、お母様もご無沙汰しております」

ジョエルの挨拶に、父は鷹揚に頷き、母は「ごきげんよう、ヴァロア侯爵様」と左手を差し出すと、ジョエルがその手に口づけた。

顔見知りな様子を不思議に思っていると、クラークの言葉を思い出した。

（そういえば、ジョエル様はお父様と事業を始めたと言っていた）

ならば、二人はジョエル様の正体に気づいているということなのか。

「元気そうね、セシリィ。すぐに会いに行けなくてごめんなさいね」

「いいえ、お忙しいのですから仕方ありませんわ。私の方こそ不調法をしております」

会いに行けなかったことを詫びれば、母がふふっと綺麗な微笑を浮かべた。

社交界を牛耳る母の装いは、美しかった。珍しいレース模様のフリルが袖口に使われている。じっと見つめていると、「気がついた？」と母が扇で仰いだ。

「新たな交易事業で手に入れたのよ。とても評判がよくて、満足だわ」

流行を作る母の目に適ったものだ。他の貴婦人たちが真似したがるのも当然だった。

「セシリィのドレスも素敵よ。さすがヴァロア侯爵の見立ては間違いないわね」

「どうして、ジョエル様が選んだとわかるのですか？」

「あら、だって意中の令嬢にはドレスを贈るものなのよ。私色に染まってほしいという男性の下心があるの。でも、あなたたちには関係ないわよね」

さらりと聞かされた男の下心というものに、セシリィは耳の先まで赤くなった。

(そんな意味あいがあったなんて初めて知ったわ)

ジョエルは当然知っていたのだろう。

ちらりと隣を見れば、母の話に動じることなく取り澄ました顔をしていた。

(やっぱり)

「セシリィ、あなたこの程度で動揺してどうするの？　もっと大人になりなさい」

呆れる口調ではあるが、絶対に母はセシリィの反応を見て面白がっている。

そんなセシリィを見かねて、ジョエルが助け船を出してくれた。

「義母上、どうかその辺りでご容赦ください。義父上が卒倒しそうです」

言われて見遣れば、父が青筋を立ててふるふると小刻みに震えていた。

「ヴァロア侯爵。いいかね、君たちはあくまでも婚約中だ。節度をは保っていただきたい」

「申し訳ありません。婚約者があまりにも愛らしすぎて、つい気が急いてしまいました」

一見和やかに見えるも、父とジョエルの間には火花が飛び散っている。

感情を押し殺した声には、隠しきれないジョエルへの嫉妬が見えた。

「まぁ、あなたったら、まだそんなことをおっしゃっているの。往生際の悪い。嫁ぎ先が変わっただけのことではないの。いい加減、諦めたらいかが？　ヴァロア侯爵もあまりこの人を煽らないでやって」

「そんなことを言ってもだなっ、私は！」

怒りに震える父の訴えを、母が扇を一振りして黙らせた。

二人の会話から、両親がジョエルの正体に気づいていることを悟った。

「心得ました」

そう答えるジョエルに、動揺は見られない。ならば、お互いに納得しているということだ。

父はジョエルのことを国王陛下に伝えたのだろうか。

「婚約の件は、もうこの場で認めてしまってかまわないのではなくて？」

父はものすごく不服そうな顔をしたが、「……仕方ない」と渋々母の意見に同意した。

（認められたの？）

こんなにもあっさりと承諾されるものなのだろうか。

呆気に取られている隣で、ジョエルが優雅に一礼した。

「ありがとうございます。セシリィは必ず幸せにします」

慌ててセシリィも「ありがとうございます」と両親に頭を下げる。

すると、周りからは「婚約」という言葉に反応した人たちの驚きの声が聞こえてきた。

アネルデン王国公爵家ルモントン公爵令嬢と貿易王ヴァロア侯爵との婚約話は、またたく間に社交界へと広がるだろう。

（……まさか）

なぜ、この場でジョエルが両親を「義父上」「義母上」と呼び、父が「婚約中」という発言をしたのか。それは、公爵自ら娘の婚約を口にすることで事実であることを示し、またジョエルが両親を爵位ではない呼び名で呼ぶことで、良好な関係であることを周囲に知らしめるためではないのか。

周囲の好奇の視線がこの会話を境に、明らかに変わった。

彼らは今、どうやって両家に取り入ろうかと必死に策を練っているはずだ。これまでは他国貴族でめったに交流することのできなかった貿易王が、ルモントン公爵と親交を深めれば、繋がりを持てるようになるのだ。

「それで、いつキエラ国へ発つの？」

「ご夫妻への面会が済み次第と考えておりました。セシリィとの結婚式はあちらで行うことになりますので、ぜひご参列ください」

「行くに決まってるだろうっ。そのときは父様がセシリィをエスコートしよう」

高々と宣言する父は、ジョエルを見てふんと鼻息を荒くする。

「セシリィ、俺に君を一番綺麗な花嫁にさせて。最高のウェディングドレスをプレゼントするよ」

笑顔で父を迎え撃つジョエルも負けていない気がする。これでは親密さよりも剣呑さを周囲に見せつけているようなものだ。

「セシリィ。あなた、苦労するわよ」

二人に生温かい目を向けている母も、呆れているが楽しそうだ。

そんなときだ。会場のざわめきの種類が変わった。

入場してきた人物を見て、セシリィは身体が強ばるのを感じた。

漆黒と深紅のドレスに宝石を散りばめた側妃ナデージュは、毒々しくも美しい。自分の美しさを熟知したナデージュは、側妃という立場でありながら、国母となることへの自信に満ち溢れていた。

彼女と最後に会ったのは、十年前だ。あの頃と変わらない美貌に、得体の知れない恐怖を感じる。

『――お礼を言うわ。あなたが殿下を神に捧げてくれたから、太陽は私の息子の手中に収まるんだもの』

今なら、あの言葉に込められた悪意がわかる。

ナデージュの周りには、彼女に取り入りたい貴族たちがわらわらと集まってきていた。過去の出来事とはいえ、やはり傷を抉られているようで辛い。

目を背けると同時に、ジョエルがさりげない仕草でセシリィを身体で隠した。わざとナデージュがいる方向に背を向けることで、セシリィの視界から彼女を隠したのだと気づく。

セシリィがナデージュに苦手意識を持っていることに気がついてくれたのだろう。

(ありがとう、ジョエル様)

本当にどこまでセシリィを甘やかすつもりなのだろう。

「俺がいるのに、他の者に目を向ける余裕があるなんて憎らしいな。どうしてしまおうかな」

だが、こんなときまで欲望に忠実でなくていい。

「な、何を言っているのっ。何もしなくていいのよ」

一瞬、蠱惑的に煌めいた双眸に、物騒な色気はしまってと慌てて彼を睨めつけた。

「残念」

ちっとも反省の色が見えない態度に、いっそのことヒールで足を踏んでやろうかと思ったときだ。

両陛下の入場を知らせる声が響いた。

セシリィたちは、拝謁の礼を取る中、玉座に両陛下が現れる。続けて入り口から第二王子も入場した。

深紅のマントを纏い、来場者たちが並んでできた花道を、堂々とした足取りで進んでいく。

側妃によく似た黒髪の王子ルベンは、ほんの少しだけジョエルにも似ていた。

国王から王太子の証である冠を授けられると、会場には割れんばかりの拍手が沸き起こった。その後、国王から立太子宣言があり、ルベンは名実共に王太子となり、次代の国王となることが決まった。

父たちを始めとする来場者が次々に祝辞を両陛下と王太子に述べていく。

「セシリィ、俺たちも行こう」

手を取られ、列に並ぶ。

いよいよだ。

長い列が徐々に前へと進んでいく。

遠目にしか見えなかった両陛下の顔が徐々にはっきりと見えるようになった。

両陛下に会うのは、およそ十年ぶりだ。

王宮に行くたびに、陛下たちはセシリィを可愛がってくれたことが唐突に思い出された。

『セシリィ、勉強は頑張っているか？　さぁ、お菓子をあげよう』

国王はセシリィが義娘になるのをとても楽しみにしてくれていた。

『セシリィ、一緒にお茶をしましょう。庭園のバラがとても綺麗なのよ』

王妃もまたセシリィを実の娘のように慈しんでくれた。

こみ上げる敬慕が胸を熱くさせる。

いよいよセシリィたちの番になった。

「アネルデン国を輝かす太陽にご挨拶申し上げます。このたびはルベン殿下の十六度目のご生誕祭ならびに王太子になられましたこと謹んでお喜び申し上げます」

「うむ」

短い頷きが頭上で聞こえる。セシリィたちは国王の許可なしでは顔を上げることはできないからだ。

「面(おもて)を上げよ」

セシリィたちはゆっくりと顔を上げた。

(お年を召されたわね)

両陛下が刻んだ十年とは、どんな時間だったのだろう。

アドルフは両陛下との関係を希薄だったと言った。

けれど、それならばなぜ十年もアドルフの存在を隠し続けたのだろう。国益のため、国に混乱を生じさせないためだとして、親として子を思う気持ちもあったのではないだろうか。

少なくとも、セシリィが知っている両陛下は冷たい人たちではなかった。

幼かったルベンは、きりりと口元を引き締めている。王太子という地位に、彼がどれほど気負っているかを感じた。

「……そなた、名をなんという」

国王が静かに問いかけた。

「キエラ国侯爵ジョエル・ヴァロアでございます。こちらは私の婚約者となるセシリィ・ルモントンです」

抑揚のない声音は、ジョエルの感情を綺麗に隠していた。

ジョエルと顔を合わせると、国王は一拍置いたのち、小さく頷いた。

「セシリィ、……久しいの」

記憶よりも少し瞼（まぶた）が重たくなった国王の青い目が、セシリィを見た。ほんの少しだけ、まなざしが優しくなったと思うのは気のせいだろうか。

「ご無沙汰しております。国王陛下」

「アドルフとのこと、許せ」

それは、国王からの初めての謝罪だった。

彼はセシリィがアドルフの生還を信じて待っていたのを知っている。謝罪は、セシリィの想いを無下にしたことに対するものだろう。

第二の父と思っていた時期もあった。

「もったいないお言葉でございます。私は……、ヴァロア侯爵様と幸せになると決めました」

「そうか」

感じ入った声音に、国王が何を思ったのかはわからなかった。それでも、セシリィを見るまなざしは優しかった。

「セシリィ、息災でな」

「――っ、ありがとうございます。国王陛下も……ご自愛ください」

こみ上げる涙を零さないよう留めておくだけで、精一杯だった。

掛けられた労りの言葉に、セシリィは深く頭を下げた。

そんな中、王妃だけは食い入るようにジョエルを見つめていた。

アドルフと同じ、金色の髪に青藍色の瞳をした人は気づいたのだろう。

ヴァロア侯爵と名乗った人が、アドルフだと。

ジョエルは挨拶がすむと、その場を辞した。

彼の腕に掛けた手が震える。御前を辞してしまえば、こらえていた涙は勝手に零れてきた。

「ごめ……ごめんなさい」

「かまわないよ」

俯くセシリィをあえて壁際を歩かせ、人の視線から隠してくれる。

誰も、特別なことは言わなかった。

国王はセシリィに労を労う言葉を与え、ジョエルの名を覚えた。それだけだ。

事を荒立てることになんの利もないと誰もがわかっていたからこそ、何もなかったことにした。

大広間では、招待客たちがダンスを踊っていた。

賑やかな広間を横切り、テラスへ出る。

光を避けるようにテラスの端に寄ると、少しだけ喧噪が遠くなった。

「落ち着いた？」

「ええ、ごめんなさい。両陛下のお顔を見たら、たまらなくなって」

「セシリィは可愛がられていたから特に思い入れもあるんだろう」

「ジョエル様はないの？」

久しぶりの両親との対面に何も感じなかったのだろうか。

「王族でなければ、親愛も抱けたのだろうけど、彼らが俺に求めたのは息子である以上に、王子であることだった。セシリィのように父上とこっそりお菓子を食べたりしたことはなかったな」

アドルフはセシリィが彼らに可愛がられていたことを知っていたのだ。

「……ごめんなさい。私何も知らなかった」

「さすがに十五歳にもなって七歳の女の子に嫉妬なんかしない。自分の立ち位置はわかっているつもりだったよ。だから、俺も王子として君を側に置いていた」

いくつまでなら、親の愛情を求めていいのだろう。そんなものに決まりはないはず。

アドルフは、王子として完璧だった。それは自分の生まれ落ちた立場でそうならざるを得なかったのもあるだろうが、両親の愛を望んでいたからではないのか。

王子の務めの一環に、セシリィとの結婚も入っていた。愛はなくてもいいと思う気持ちに、アドルフは愛になんの期待もしていなかったのだと気づく。

「それが王子の務めだったから」

以前は、さして気にならなかった言葉が、今は言われると悲しくなった。

（それは嫌——）

昂（たか）ぶった気持ちのまま、ぶつかるように抱きついた。

「どうしたの？　積極的だな」

額を押しつけ、ぐいぐいと胸を押せば、ジョエルがくすぐったそうに笑った。

「今はセシリィが大好きだよ。もっと俺でいっぱいになって」

「もうなってるわ」

「アドルフよりも？」

ゆっくりと顔を上げれば、少しだけいじわるな目と視線がぶつかった。

「……そうよ」

いつの間にか、セシリィの心を占めているのはジョエルになっていた。彼の一挙一動に振り回され、夜ごと与えられる熱と快感に胸をときめかせた。

大人びた表情をするくせに、行動はてんで子どもと同じ。無邪気な笑顔を見ると、セシリィまで嬉しくなってしまう。取り澄ましたジョエルも好きだけれど、セシリィは自分にだけ見せてくれる本当のジョエルも大好きになった。

「ジョエル様が好き」

セシリィの気持ちを言葉にするのに、これ以上しっくりくるものはない。

ジョエルは背中に両腕を回すと、腰の辺りで手を組んだ。額に優しく口づけ「嬉しい」と呟く。

柔らかい感触は嬉しいけれど、もうこれだけでは物足りない。

セシリィは伸び上がり、今度は自分から彼に口づけた。口紅が落ちることなど気にしない。どうせもう、帰るだけの身だ。

ジョエルが回していた腕に力を込める。ぎゅっと密着する格好になると、口づけは深くなった。

「ジョエル様、好き……、大好き」

「もっと言って」

そう告げるジョエルの声も、興奮を滲ませている。

お互いを求める気持ちに火がつけば、もう我慢することなんてできなかった。

「ジョエル様、帰りたい」

彼を求め続けた身体は、一秒たりとも待てない。

「じゃ、帰ろうっ」

そう言うと、ジョエルがセシリィの手を引いた。

「きゃっ」

どよめく会場を駆け抜け、外へと飛び出す。

不敬極まりない行為だったが、セシリィたちは楽しくて仕方なかった。外へ出ると、二人

揃って大笑いしながら馬車へと乗り込む。

王子だった頃にはとうてい考えられない暴挙。

でも、今の自分たちならなんだってできそうな気がする。

「好き」

ほら、素直な気持ちを伝えることも怖くない。

セシリィの告白に、ジョエルが青藍色の瞳を欲情で色めかせた。

「もっと言って」

「ジョエル様が好き。大好き」

「俺は愛しているよ」

膝に載せられたセシリィの胸に、ジョエルが顔を埋める。大きく息を吸い込み「いい匂い」と呟いた。

「久しぶりの社交界はやっぱり最悪だった」

「まぁ、もう弱音?」

くすくすと笑いながら茶化すと、ジョエルがムッとした顔で口を尖らせた。

「セシリィ、慰めて」

可愛らしいおねだりに、セシリィは迷わず額に口づけた。

「もっとだよ。こんなものじゃ足りない」

すっかりわがままになったジョエルが、もっとと唇を啄んでくる。不埒な手は早速ドレスの中に入り込んできた。

「ジョエル様っ」

靴下の留め具を器用に外した指が、秘部を弄る。蜜穴に入ってきた指がセシリィのいい場所を的確に刺激するから、またたく間に「駄目」とは言えない状況に追い込まれた。

「も……ジョエル様っ」

がたがたと車輪の音が響く中、セシリィの息を殺した吐息と秘部を弄る水音が響く。

ドレスから出ている肌にはジョエルがまた赤い痕をたくさん散らしていた。

ねだる声に、ジョエルが情欲を湛えた青藍色の瞳を煌めかせた。

「セシリィ、腰上げて。座席に手をついて」

トラウザーズを寛げ、取り出した欲望は腹に当たるほど反り返っていた。

「あ……」

背中に回り込んできたジョエルが大きく膨らんだドレスをかき分け、怒張したものを蜜穴にあてがった。

（早く……早く）

心臓が壊れそうなくらいドキドキする。

「は……あぁ、あ……」

ずぶずぶと入ってくる刺激に、全身が震える。恍惚を伴った悦楽に、セシリィは歓喜の声をこらえることができなかった。

「いい、よ」

ねっとりと耳殻を舐め上げ、耳朶を食んだ。

「あ、あぁ……」

血管が浮き出るほど雄々しくそそり立つものが、自分の中に入っているのだと思うだけで、目眩がしそうな悦びに身体がうち震える。

「セシリィ、愛してる」

少し掠れた声が腰骨を響かせた。

「わ、たしも、愛して……あぁっ!」

無理やり内側を開かされた苦しさがあるのに、それを凌駕する快感にくらくらする。目の前に銀色の閃光が幾筋も走った。

「セシリィ、セシリィ」

甘えるような声音だが、彼の欲望はセシリィを壊す凶器そのもの。揺さぶり、穿ち、セシリィの痴態を際限なく引き出させる。

「もっと……いっぱい、して。奥が切なくて……ジョエルさまので、もっといっぱい」

セシリィも律動に合わせて腰を動かし始める。すると、一層奥まで入っていくような感覚に目の前が真っ白になった。

「セシリィ、君を抱いてるのは誰？　ここにいるのは？」

囁く声に、セシリィは彼を振り仰いだ。

金色の髪をした青藍色の瞳を持つ美貌の人はセシリィの愛する――。

「ジョ……エル」

「そうだよ。俺以外誰も心に入れないで」

顎を掴んでいた手が口腔に侵入し、乱暴にかき混ぜられる。下と上から満たされているみたいだ。強い突き上げに脳天まで揺さぶられる。息苦しさから逃れたくて、夢中で指に吸いついた。腰に回された手に爪を立て、もどかしい乳房を自分で慰める。

苦しい、けれど嬉しい。

多幸感が全身を包む。

「入れ……ない、ジョエル……だけ」

だから、もっといっぱい埋めて。隙間なくジョエルでいっぱいにされたかった。

「愛してる」

彼の囁きが唇を塞いだ。

その直後、身体の奥に熱い飛沫(ひまつ)を浴びせられるのを感じながら、精の熱さに恍惚の世界を見た。

【終章　門出】

ジョエルが秘密裏に王宮に呼び出されたのは、即位パーティーから三日ほどあとのことだった。

執務室にいたジョエルは、クラークが持ってきた召喚状を一読した。

「今から王宮へ向かう。馬車を用意してくれ」

「かしこまりました」

「ルモントン公爵との事業はどうなっている？」

「すべて順調に進んでおります。テランス様も納得してくださる数字でございますよ」

これより十年の間は、ルモントン公爵に有利な条件での交易をする。

夢のような条件を提示することで、彼らは元王子であるジョエルとセシリィとの結婚に承諾した。相手が嫌とは言えない条件だったことは認めるが、双方に利がある契約なだけに、文句など言わせない。

「お耳汚しかと思いますが、二点ほどご報告があります。マリオが賊に堕ちました」

「へぇ」

まったく興味のない話題を聞き流し、立ち上がる。

「先日、摘発した船舶は自国へ強制送還ののち、裁きを受けることとなりました。おそらく、二度と日の下には出てこられないと思われます」

こちらも、まったく興味のない報告で、ジョエルはクラークが持っていたジャケットを羽織って執務室を出た。

優秀な執事は、セシリィに関するすべての人物の近況報告にも抜かりはなかった。

「ジョエル様、王宮へ向かわれるときはくれぐれも身辺にご注意ください。やや騒がしくなっております」

「そうか。気をつけるよ」

馬車に乗り込む際、セシリィが見送りに来てくれた。不安そうな顔を撫(な)でて、口づけてなだめる。

「大丈夫、すぐ戻ってくるよ」

「どうか、くれぐれもお気をつけて」

三日ぶりの王宮は、パーティーの喧噪(けんそう)が幻だったように静寂(せいじゃく)に満ちていた。

通されたのは、王宮でも王族が居住区としている区域の来賓室だ。

（変わらないな）

使用人の顔ぶれは、新しいものと古いものが半々と言ったところだろうか。侍従はジョエルを見るなり「……お待ちしておりました」と深く頭を下げた。

「久しぶりだな、元気にしていたかい？」

あえてアドルフだった頃の口調でたずねれば、侍従は「おかげ様で」と答えたが、その声はかすかに震えていた。

部屋には、すでに両陛下が揃って待っていた。

「ジョエル・ヴァロア。お呼びによりはせ参じました。両陛下にご挨拶申し上げます」

「座りたまえ、ヴァロア侯爵。……いや、アドルフ」

促された席は、国王の向かい側。王妃は向かって右隣に座っていた。

「今だけは、家族としてお前に来てもらったのだ。少し話をしたいと思ってな。この十年のことだ」

「何をお知りになりたいのですか、父上」

「すべてよ」

話に割って入った王妃が声を上げた。その顔は三日前よりもやつれているようにも見えた。

食い入るように見つめるまなざしには焦り(あせ)と、戸惑い(とまど)が混在している。

「王妃が、キエラ国に戻ってしまう前に、どうしてもお前に会いたいと言って聞かないんだ。話してはくれないか。アドルフの十年間を包み隠さず教えてくれ」

国王の真摯な言葉に、ジョエルは内心驚いていた。

彼らがここまでアドルフに興味を持っているとは思わなかったからだ。

(愛情はあったのか)

ただ自分がそれに気づけなかっただけだ。

ジョエルは、自分をわりと完璧に近いものだと思っていたが、案外そうでもなかったらしい。

家族に対してあった見えない壁が消えれば、心がふと軽くなった。曇天が晴れ見えた青空のように、すがすがしい気持ちになる。

親の愛情を意識して望んだことはなかったけれど、少なからず寂しさ(さび)はあったのだろう。

しかし、今さらその事実に気がついたとしても、すべては過去のものとなった。

自分には新たな世界があり、家族になる人もいる。

両親からの愛をねだるほど、子どもでもない。

「いいですよ」

それでも、知りたいというのなら話すだけだ。

ジョエルは、海に流されてからサリー商団との出会い、ヴァロア侯爵から養子の誘いを受けた経緯、そしてルモントン公爵領でセシリィに恋をしたことを話した。

「記憶がなかったなんて……。やはり、あのとき、大々的に捜索をしていればと思うと。あなたの帰りを待ち望んでいたのは、セシリィだけではなかったわ。それだけは忘れないで」

「ありがとうございます、母上」

頷けば、ジョエルと同じ青藍色の目をした人が、何か言いたげに口を開くも、ややして悲しげに微笑んだ。

時が巻き戻らないように、ジョエルたちの人生も過去には戻らない。

アネルデン王国は第二王子を新たな王太子に据え、進んでいく。

ジョエルはそれをキエラ国でセシリィと見ることにしよう。

「そなたは我らとの関わりを断つとはいえ、命を狙われる危険があることを、肝に銘じておかねばならぬ」

ジョエルが王位を放棄したからといって、王族の血を捨てることはできない。ジョエルやいずれ生まれてくるだろう子は、常に権力を欲する者に利用される可能性がある。

死んだはずの王子が実は生きていて、その正当性を武器に王座奪還を企てる。なんてことも聞かないこともないが、ジョエルには無縁な話だ。

欲しいものの中に、王座はない。

ジョエルが求めているのは、セシリィただひとりだ。

今頃は、王宮へ呼び出されたジョエルを案じているだろう。

「父上、母上。これより先は、ヴァロア侯爵としてありたいと思っています」

確固たる信念を持って彼らと袂を分かつ。

母は、さめざめと泣いていたが、ジョエルを引き留めようとはしなかった。

「そなたがそう決めたなら、私たちは何も言わん。だが、孫が生まれたら、顔を見せに来るといい。歓迎しよう」

ジョエルは立ち上がると、最敬礼をした。

「お心遣い感謝いたします。それでは、これにて失礼します」

踵を返すと、扉の前に立っていた侍従が、そっと扉を開いた。

「両陛下と弟を頼む」

「お任せください」

うやうやしく頭を垂れる姿に頷き、ジョエルは二人の前を辞した。

これが最後になるだろう居住区の回廊を歩いていると、向かいから毒花のような艶やかな女が側仕えを伴い歩いてきた。

艶やかな黒髪をなびかせ歩く側妃ナデージュに、ジョエルは脇に身を寄せ、頭を垂れる。

そんなジョエルをナデージュが憎々しげに睨みつけ、通り過ぎた。


王宮からの帰路、馬車の速度がふいに落ちた。

「ジョエル様、賊です」

緊張を孕んだ御者の声に、ジョエルは抑揚のない声で答えた。

「そう。人数は？」

「十人ほどかと」

外から感じる殺気に、ジョエルは鼻白む。

次の瞬間、外からは野太い男の断末魔が次々と聞こえていた。その間を馬車は速度を落として進む。

馬鹿な者たちだ。

馬車にはヴァロア侯爵家の紋章が刻まれている。ただでさえ敵の多い侯爵家が護衛のひとりも付けずにいると思うのか。

（いや、違うか。これがクラークの言っていた騒がしいことなんだろう）

おおかた、後ろで糸を引いている者がいるのだろうが、ここで死ぬのは彼らの自業自得だ。

ちらりと窓のカーテンを指で押し開くと、絶命した賊のひとりが一瞬見えた。

癖のある黒髪の青年が目を開けたまま息絶えている。

見覚えのある顔だったが、賊に身を堕とした者にかける情けはない。

ジョエルはカーテンを戻し、何事もなかったようにその場を去った。

のちにこの件は王宮に報告され、調査と審議ののち、側妃が病に臥し、ひっそりと王宮を去ったという。

港には他国から入ってきた貿易船が所狭しと停泊していた。

その中でも、ひときわ豪奢な船舶がセシリィたちの乗船するヴァロア侯爵家の船だ。

見送りに来た家族との別れを惜しみながら、セシリィはジョエルに手を引かれてタラップを渡り、船に乗り込む。

潮風がセシリィの髪を撫でていく。

またこんなふうにジョエルと船に乗れる日が来るとは思わなかった。

「しばらくお別れだな。寂しい？」

甲板に立ち、家族に手を振るセシリィに、彼は問いかけてきた。

「少し。でも、永遠の別れというわけではないもの」

そうでしょう？　と隣に立つジョエルを見上げれば、彼は優しく目を細めた。

「君が望むなら、いつでも、どこにだって連れていってあげる。そうだ、このまま婚前旅行に出かけようか」

「キエラ国でテランス様たちがお待ちなのではないの？」

出立間際に届いたテランスからの手紙には、屋敷で待っていると書かれていた。どうやら、一足早くバカンスから戻ってきたようだ。

「少しくらい平気さ」

「本当に？」

それでなくとも、結婚式の準備で忙しくなるというのに、なんとも無責任な口ぶりだ。

後ろに控えているクラークの顔が固まっているのは、絶対に気のせいではない。

「心躍る申し出だけど、今は駄目よ。家族が待ってるんだもの」

そう。セシリィたちにはテランス夫妻という新しい家族がいるのだ。

「でも、いつか行ってみたいわ」

ジョエルが見てきた世界を自分も見てみたい。

彼が求めた自由がこの海の向こうには広がっているのだ。

青い海原に、太陽の光がきらきらと輝いている。

まるでセシリィたちの門出を祝福しているみたいだ。

「楽しみね」

ジョエルに肩を抱かれ、セシリィはこの先の未来に胸をときめかせ、幸せという名の航路へ舵（かじ）を切った。

あとがき

はじめまして、こんにちは。宇奈月香です。

このたびは、『行方不明の王子が帰ってきたら溺愛侯爵になっていました～私の婚約者はどこですか?～』を読んでくださりありがとうございました。

タイトル長いですね！　王子が侯爵？　なんのこと⁇　とお思いの方もいらっしゃると思いますが、タイトルどおりです。

毎回、あとがきに書いている気がするのですが、私はヒロインに心開かせるのがへたくそでして、執筆中はずっと「あなたはどうしたいの?」と語りかけています。今回も例に漏れず、口の重たいヒロインでした。しかも、今作は序盤でヒロインの願いが叶ってしまったということもあり、ますますヒロインの気持ちが迷子になっていた気がします。ああでもない、こうでもないと担当様と相談しながら、約一年間、作品と向き合っていました。

おかげさまで、一冊の本となって世に送り出すことができました。

作品に携わっている時間は、悩んでいるときでもやっぱり楽しいもので、それはちょっとずつヒロインやヒーローが語りかけてくれるようになり、彼らをより深く知ることができる時間でもあるからです。

そんな二人を魅力的に描いてくださった北沢きょう先生には、感謝しかありません。あとがきを書いている時点では、ラフ画で拝見させていただいたのですが、セシリィがとっても可愛くて、今からとても楽しみです。

また、完成まで私を導いてくださった担当様、今作に携わってくださった皆様にもこの場をお借りしてお礼申し上げます。

今回もお世話になりました。本当にありがとうございます。

最後になりましたが、ここまで読んでくださった読者の皆様にも、心からの感謝を。

ありがとうございました。

宇奈月　香

行方不明の王子が帰ってきたら溺愛侯爵になっていました
～私の婚約者はどこですか?～

Vanilla文庫

2023年8月5日　第1刷発行　定価はカバーに表示してあります

著　者　宇奈月 香

装　画　北沢きょう
発行人　鈴木幸辰
発行所　株式会社ハーパーコリンズ・ジャパン
東京都千代田区大手町1-5-1
電話 03-6269-2883（営業）
0570-008091（読者サービス係）
印刷・製本　中央精版印刷株式会社

Printed in Japan ISBN978-4-596-52320-4